KB004958

내가
가는 방향이
곧
길이다

내가
가는 방향이
곧
길이다

이
만
영

박
사

자
서
전

휴먼큐브

어디서부터 와서 어디로 갈지 모르는 인생이라는 길을 말하다

사람의 인생이란 길게 쓰면 한없이 길고 짧게 줄이자면 몇 마디면 충분하다. 따져보면 유별날 것도 없는 내 인생을 자서전이라는 명목으로 정리하자니 부끄러운 마음이 들기도 한다. 다만 내가 이 책을 쓰는 주된 이유는 이제껏 내 길을 걸어감에 있어 여러 방법으로 나를 도와준 숱한 사람들에 대한 고마움을 표하기 위해서이다. 이제는 고인이 된 사람도 적지 않지만 혹시라도 그의 가족이나 친구가 이 글을 본다면 고인에 대해 한 번이라도 더 생각하게 되지 않겠는가.

나보다 할 말이 많은 무수한 사람들이 자서전 한 권 남기지 못하고 세상을 떠나는데, 이렇게 인생을 정리하며 삶이 이러저러했음을 남길 수 있다는 것도 축복이다. 이제 나이가 아흔에 가까워져 무엇을 더 쌓기보다는 정리하고 마무리해야 하는 시점에서, 자서전 집필은 내게 내 삶을 다시 생각하며 인생에 감사할 수 있었던 좋은 기회였다.

1924년에 경기도 광주의 시골 마을에서 태어나 일본의 강제 징병과 6·25 동란을 겪고 미국 유학을 다녀와 여러 대학의 교수로 재직하며 대통령과 인연을 맺고 굴지의 기업 CEO까지 역임했던 지난 과거를 돌이켜보면, 내 그릇에 어울리지 않는 일도 있고 생각만 해도 흐뭇하고 푸근한 일도 있다. 그러나 공功은 치켜세우고 과過는 덮는다면 그럴듯한 포장이 될지는 몰라도 그것이 온전한 내 인생이라 할 수 없을 것이다. 나는 붙이고 깎음이 없이 오로지 사실만을 적었으니, 독자들은 그저 한 인간이 살아온 발자취라 생각하고 읽어주길 바란다.

한 가지만 더 욕심을 내어 이 책에 의미를 부여하자면, 나는 학교를 떠나 있던 적도 몇 번 있지만 천생 학자로 학문을 배우고 익히며 후학을 양성하는 일이 가장 즐거웠다. 그런 의미에서 지금 공부를 하는 젊은이들이 이 책을 보며 학문을 닦는다는 것의 의미가 무엇이며 한 명의 학자로 바로서기 위해 가져야 할 마음가짐이 무엇일지 생각해보았으면 하는 바람이다.

고마운 이름을 하나하나 밝혀야 마땅하지만 일일이 적자니 책 한 권을 채워도 모자랄 것 같아 본문에 명기하기로 한다. 나이가 들어 잊었거나 미처 챙기지 못한 이름들에게는 미안한 마음을 표하는 바이다.

자서전을 쓰는 일은 녹록지 않았다. 나의 아들 이정훈 한양대 교수와 아내의 도움이 없었다면 불가능했을 것이다. 또 쉽지 않은 과정 속에 이 책을 출간해준 휴먼큐브 출판사에 각별한 감사를 표한다.

행제 이만영

차례

| 4장 | 대학 캠퍼스 생활

| 5장 | 보잉 사 근무

| 6장 | 유학 후 귀국

| 7장 | 버지니아 공대 교수 생활

| 8장 | 박근혜 대통령과의 인연

| 9장 | JPL 연구소와 국방과학연구소 재직

| 10장 | 한국전자통신 건설 과정과 삼성과의 인연

| 1장 |

나의 고향 능골

그 옛날 내 고향

나는 1924년생으로 경기도 광주군 오포면 능평리에서 태어났다. 능평리를 속칭 '능골'이라 부른다. 지금의 분당 고개 넘어 '태재'라는 마을을 지나 약 5리쯤 내려가면 능골이라는 마을이 나온다. 이곳이 나의 고향이며, 우리 선조 10대조인 매간공梅澗公부터 열한 분의 유택이 있는 선산이 있다.

능골은 산수가 수려한 마을로, 산은 울창한 수목으로 둘러싸였고 맑은 물이 흐르는 시내물에는 피라미, 불거지 떼가 무리 지어 유영하곤 했다. 그 개울 건너편은 경기도 용인군 모현면 능원리라는 마을이었다. 그 당시 능평리를 '광주말', 건너편 능원리는 '용인말'이라 불렀다('말'이란 마을을 지칭하는 사투리이다). 두 마을 사람들은 개울의 징검다리로 왕래하곤 했다. 물론 고향 이야기는 나의 유년 시절인 약

80년 전 1930년대 이야기이므로 지금은 옛 모습을 찾아볼 수 없다. 개울은 많이 오염되었고 산에는 공원묘지가 조성되었으며, 마을은 현대식 아파트 숲으로 가득한 소도시로 바뀌었다. 정말 격세지감隔世之感을 실감케 한다.

개울 건너편 능원리 뒷산을 돌아가면 안골마을이 있는데, 그곳에는 고려 말 충신인 포은 정몽주圃隱 鄭夢周 선생의 묘소와 조선조 명재상인 저헌 이석형樗軒 李石亨 선생의 묘소가 좌우로 나란히 있다. 이 두 분이 안장된 산은 원래 연안이씨延安李氏의 선산이었는데, 저헌이 포은의 증손녀와 결혼해 연안이씨와 연일정씨 두 문중은 사돈지간이 되었다. 포은이 조선 태종 때 개성 선죽교에서 타살된 후 시신을 포은의 고향 경상도 영일로 운구하는 도중 안골마을에 다다랐을 때 상여가 움직이지 않아 연안이씨 선산에 모셨다고 한다. 그 당시 연일정씨는 몰락하고 연안이씨 연성부원군延城府院君 이석형 가문은 세도가였기 때문에 정몽주 선생의 유택을 그곳에 마련해주었다고 한다. 저헌 이석형 선생은 나의 16대 조부이며 그분의 생가는 지금의 혜화동(연지동)으로, 구 경성제국대학 법문학부 정문 건너편 이학부(현재의 서울대 병원) 후문으로 들어서면 보도 우측에 '이석형 선생 생가터'라고 쓰인 화강암 푯말이 있다.

고향 산천

능골마을은 산으로 둘러싸여 있어, 대부분의 논은 비가 오지 않으면 벼농사를 지을 수 없는 천수답天水畓이었다. 마을 앞을 흐르는 개울을 돌로 막아 보洑를 만들어 물을 저장해놓고, 광주, 용인 양쪽 마을 앞에 수로를 만들어 논에 물을 공급하는 관개용수로 지혜롭게 사용했다. 마을 앞 개울은 여름이면 동네 아이들의 물놀이터가 되고, 마을 밖 개울은 겨울이면 썰매터가 되기도 했다. 보는 돌로 쌓고 돌 틈 사이에 나뭇가지를 틀어박는데, 여름철에는 그곳이 뱀장어의 서식처가 되었다. 일본 사람들이 뱀장어를 '우나기'라 부르는데, 대나무로 엮은 길쭉한 통발 속에 쇠똥을 넣어 초저녁에 보 밑바닥 나뭇가지 사이로 집어넣고는 다음 날 아침 일찍 뱀장어를 잡아가는 것을 나는 자주 보았다.

또한 여름 장맛비로 개천이 범람하면 동네 청년들이 조그마한 그물을 개울가에 대고 새우, 가재, 메기, 빠가사리 등을 잡았는데, 새우는 튀김으로 쓰고, 빠가사리와 메기로는 감자, 애호박, 파, 마늘 등을 넣고 고추장을 풀어 매운탕을 끓여 동네 잔치를 벌이던 광경이 아직도 눈에 선하다.

장마가 개고 보 아래쪽 개천물이 빠지면 물살은 약간 세지만 물이 맑아 견지낚시를 하기에 알맞은 낚시터가 된다. 견지에 감은 실타래 끝 낚싯바늘에 파리를 미끼로 끼우고 물살에 풀었다 감았다 하면 고기가 잡혀 조그만 소쿠리를 제법 채울 수 있었다. 낚시질도 여름철 즐거웠던 오락의 하나였다. 혹독한 겨울철이면 보 아래 얕은 개천 얼음 속에 고기 떼가 몰려다니는 것이 보였다. 아이들이 떡메를 들고 와서 고기 떼 위를 내리치면 순간적으로 수압에 못 이겨 고기들이 축 늘어져 물에 떠다닌다. 그때 얼음 구멍을 헤치고 표주박으로 물고기를 건져올려 바구니 한가득 잡는 일도 겨울철 한가로운 농촌 생활의 일면이었다.

가을 추수가 끝나고 오곡을 타작해서 거둬들이고 나면 마을 사람들은 한가한 겨울철을 맞이하게 된다. 농사꾼들은 쇠죽을 쑤는 가마솥이 달린 따뜻한 문간방으로 모여든다. 새끼를 꼬는 사람, 가마니를 치는 사람, 짚신을 삼는 사람들과 글을 배우고 책도 읽을 수 있어 춘향전 같은 이야기 책을 노래조로 읽어 방 안 사람에게 즐거움을 주기도 한다. 좁은 방에 지푸라기로 작업하는 사람들이 대부분 담배를 피웠기 때문에 방 안 공기는 말할 수 없이 탁하다. 방으로 들어가는 미닫이 쪽문 밖 좁은 마루 밑에는 으레 소변을 받는 오줌통 옹기가 놓여 있다. 밤새도록 방 안 사람들이 소변을 보러 들락날락하니 오줌통 옹기는 금세 가득 채워진다. 다음 날 집주인은 지게에 오줌장군을 지고 보리밭으로 가서 바가지로 소변을 떠서 보리밭골에 뿌려준다. 싱그러운 봄기운이 산과 들에 퍼지고, 동네 농부들은 한 해의 새로운 소망을 갖게 된다.

서울에서 온 약장수

여름, 가을 바쁜 농사일의 결실로 추수 타작이 끝나면 농가에서는 한가롭고도 기나긴 동지섣달 겨울밤을 맞이하게 된다. 이럴 때면 어김없이 서울에서 약장수가 자전거에 생활용품이나 수동 유성기手動 有聲器를 싣고 마을을 찾아온다. 우리 집 사랑방이 제일 크지만, 우리 아버지는 연세도 있고 평소 마을 사람들한테 개방하는 것을 꺼려, 자연 동네에서 두 번째로 큰 정주사 댁 사랑방이 집합 장소가 된다.

서울에서 약장수가 내려왔다는 소문을 듣고 동네 남녀들이 일찌감치 저녁을 먹고 정주사 댁 사랑방으로 모여든다. 물론 그 당시만 해도 남녀가 내외하던 시절이라 따뜻한 방 안은 남자들이 차지하고 방 뒤쪽 쪽마루에는 부녀자들이 덜덜 떨며 솜 포대기를 뒤집어쓰고 유성기에서 흘러나오는 우리 민요 가락을 들으며 즐거운 한때를 보내게 된다. 약장수는 황해도 수심가, 남봉가, 전라도 육자배기, 청춘가 같은 경기민요, 강원도 정선아리랑, 그리고 함경도 신고산타령 등 조선팔도 민요들을 틀어주고 나서 보따리를 풀었는데, 물건을 들여다보면 아주 다양하다.

약품으로는 은단, 웅담, 조고약趙膏藥, 소다 소화제가 있고, 여자용 물건으로 박가장분朴家粧粉, 구리무, 동백기름, 참빗, 조그마한 거울, 수실繡絲, 바늘, 실타래 등을, 남자용 물건으로 양말, 털장갑 등을 풀어놓고 팔기 시작한다. 70년 전만 해도 소박하고 인심 좋은 시골 사람들이라 이것저것 팔아주었다. 약장수는 인심 좋은 농가에서 저녁과 이튿날 아침까지 받았으니 터무니없이 물건 값을 올려받지는 않았을 것이다.

농촌의 사계절 :

봄이 오면 산골짜기 작은 계곡에 강아지 나무는 분단장을 하고, 경첩이 지나 개구리가 기지개를 펴면서 돌 밑으로 모습을 나타내고, 자갈 밑에서 가재가 머리를 내밀고, 뱀도 바위 밑 나무 사이로 혀를 날름댄다. 바야흐로 만물이 소생하는 호시절이 왔음이 실감난다. 눈 덮인 산에서 얼음이 녹아내리고, 보리밭에서 아지랑이가 피어오르고, 할미꽃, 민들레, 오랑캐꽃이 피어 있는 양지 바른 뒷동산 잔디밭에 앉아 먼 산을 바라보고 있노라면 순풍을 타고 스쳐가는 온갖 꽃내음 풀내음에 온 동네가 생기를 띤다.

바구니를 들고 있는 동네 처녀와 아낙네가 들녘에서 냉이, 달래, 씀바귀, 쑥, 고들빼기 등 봄나물을 캐는 모습은 한 폭의 그림처럼 한가로워 보인다. 들녘이나 산에서 봄 거지 농사일을 하는 농촌 청년들이 경기민요, 청춘가, 한오백년, 성주풀이 등 우리 고유의 민요를 부르는 소리는 포근한 봄 날씨와 조화를 이루어 마음을 즐겁게 해준다.

원추리가 울 밑에서 새싹을 내밀고, 양지 바른 언덕 위에 쑥이 돋아나기 시작하면 청명, 한식의 계절이 왔음을 실감할 수 있다. 5월이라 입하立夏가 오면 제일 먼저 개나리꽃이 노란색으로 단장을 한다. 잎새가 채 돋기 전에 목련화는 우아한 아름다움을 뽐내고, 벚꽃과 복사꽃이 활짝 피어 사람들의 눈을 즐겁게 해준다. 뾰족뾰족 새싹으로 단장한 앵두나무 가지가 어느덧 녹음으로 변하고 어여쁜 병아리들이 어미 닭 뒤를 졸졸 따라 앵두나무 밑으로 숨어버리는 모습은 계절이 벌써 여름으로 접어들었음을 알려준다.

강남 갔던 제비가 돌아와 개천에서 젖은 흙과 지푸라기를 물어다가 처마 밑에 집 짓는 것은 여름 중턱에 볼 수 있는 광경이다. 좁은 제비집 안에 옹기종기 모여 몸을 비비대는 새끼들은 어미가 물어다 주는 곤충을 먼저 먹겠다고 입을 벌려 애걸하는데, 자기 먼저 살겠다는 생존 경쟁의 본능은 조류나 인간 할 것 없이 똑같은 듯하다.

5월 늦은 봄부터 한여름까지 논두렁이나 산에서 잡초를 베어다가 풀더미를 만들어 사람의 오줌과 소 오줌을 수시로 뿌린 후 잘 썩히면 훌륭한 퇴비가 된다. 지금의 화학비료 대신 그 당시의 잡초비료는 살충제가 필요 없는 무공해 비료였다. 퇴비 비료만 쓰다보니 논에는 우렁과 개구리, 개천에는 달팽이가 서식하며, 왜가리(백로)가 논에 내려앉아 우렁을 쪼아 먹는 한가로운 풍경을 자주 볼 수 있었다. 8, 9월 이면 머리 숙인 벼의 물결 속에 메뚜기 떼가 서식하고 수수밭 조밭 위로 빨간 잠자리 떼가 날아다니던 광경은 지금은 볼 수 없는 옛 농촌의 여유로운 진풍경이다.

돌이켜보면 그 당시 내 또래의 동무가 여러 명이 있었다. 그 녀석들의 이름은 노중근, 정중화, 홍종성, 최찬수 등으로 기억한다. 그들은 나보다 두세 살 아래로 나이가 어릴뿐더러 나를 잘 따라 친근한 사이였기 때문에 놈이라고 불러도 무방하다.

능골에는 8월 말쯤 말복이 되면 뽕나무의 오디, 앵두, 그리고 산딸기(복분자) 등 야생 과일이 풍성했다. 우리들은 무리를 지어 뽕나무밭 오디와 나무집 울타리 안에 앵두나무에 매달려 앵두를 마음껏 따 먹고는 떼를 지어 봇물로 뛰어들어 미역을 감았는데, 참으로 즐거웠던 어린 시절 추억이었다.

여름 복중에 동네 꼬마들을 데리고 산속으로 들어가면 새빨간 산딸기가 지천이었다. 닥치는 대로 먹어치우다 때로는 설사를 하기도 했다. 늦은 가을에는 산중을 뒤지며 장대로 야생 밤을 턴다. 또 칡넝쿨이 나뭇가지를 감으면서 뻗어 올라간 산골짜기 양지 바른 곳에는 틀림없이 머루, 다래, 으름 등이 주렁주렁 매달려 있다. 머루는 한국 고유의 산포도이고 다래는 서양의 키위와 비슷하고 크기는 큰

목화송이만 한데 잘 익은 것은 참으로 달다. 그리고 으름은 하와이산 바나나보다 작은 일종의 한국 야생 바나나이다. 머루나 다래는 비닐하우스 재배가 불가능한 야생 과일이기 때문에 시골 산에서만 맛볼 수 있는 아주 귀한 과일이다.

머루와 다래에 얽힌 노래가 있어 하나 소개하고자 한다. 옛날 서울 무당이 굿거리장단에 맞추어 방울다발을 움켜쥐고 춤을 추며 부르던 노래가 있다.

양반의 조정은 운현대감
아이의 조정은 강화도령
산중의 조정은 머루나 다래
얼씨구절씨구 지화자 좋다
:

이 무당 푸닥거리에 나오는 운현대감은 고종황제의 생부인 흥선대원군이며, 강화도령은 철종을 지칭하는 말이다. 제21대 영조대왕과 영빈 이씨 사이에서 태어난 사도세자가 혜경궁 홍씨와의 사이에서 얻은 아들이 제22대 정조대왕正祖大王이며, 정조의 이복동생으로 은언군, 은신군, 은천군 세 명이 있다. 은언군의 3남인 전계대원군의 셋째 아들이 강화도령이니, 철종은 사도세자의 증손자이자 정조대왕의 이복동생인 은언군의 손자이다.

한편 사도세자와 숙빈 임씨 사이에서 태어난 둘째 아들 은신군은 후사가 없어 인조대왕仁祖大王의 셋째 아들인 인평대군의 6대손 남연군을 양자로 삼았는데, 남연군의 아들이 흥선대원군이다. 촌수로는 영조의 고손자가 된다. 따라서 철종은 사도세자의 피가 흐르고, 대원군은 그의 조부 은신군까지는 사도세자의 피가 흐르지만 정확히 말하자면 대원군은 인조대왕의 혈통인 셈이다.

강화도령과 운현대감은 각각 왕실의 지존이었고 왕의 생부였다. 머루나 다래가 그런 귀하신 신분과 맞먹을 만한 과일이다보니 무당의 푸닥거리에까지 불리게 된 것이다. 귀한 머루와 다래를 어릴 적에 먹고 자랐으니 나 역시 귀하신 몸이 되었다고나 할까?

이 모든 일들이 있고 나서 많은 시간이 지났다. 어린 시절 동네 꼬마들과 개울, 들녘, 산으로 계절 따라 헤매고 다니던 그 시절이 그리워진다. 남북이 분단된 지 반세기하고 10년이 넘어 언어와 풍습의 차이가 점점 심해지는 지금의 현실이 안타깝다. 그 옛날에는 남북을 막론하고 어린아이들 사이에만 동무라고 불렀고, 성인이 되면 친구라고 불렀다. 그런데 지금 북한에서는 아이와 어른 구별 없이 동무라고 부른다니, 이것 하나만 보더라도 분단의 비극을 실감할 수 있다. 현재 남한에서 동무라는 말은 사라진 지 오래다.

서양개 사연

내가 7, 8세 때 있었던 웃지 못할 이야기가 생각난다. 아버지가 토종이 아닌 털이 없고 꼬리가 둥근 반질반질한 구리색 서양개 한 마리를 사오셨다. 우리 집은 60칸 정도의 제법 큰 기와집이었다. 대문을 들어서면 줄행랑이 있고, 맞은편 대뜰이 높은 사랑채 사이에 큰 마당이 있었다. 마당 왼쪽에 큰 살구나무 한 그루가 서 있었다. 아버지는 그 살구나무 밑기둥에 사오신 개를 매어놓으셨다.

나는 토종이 아닌 서양개를 동네 꼬마들한테 자랑하고 싶어 그 놈들을 모아놓고 "이 개는 우리 아버지가 사오신 것인데 내가 주인이니까 개 등에 올라타도 물지 않고 내 말을 잘 들을 것이다"라고 말하고는, 살구나무 위로 기어올라가 나무 아래 매어놓은 개 등 위로 뛰어내렸다. 그 순간 개는 비명을 지르며 내 아랫배를 물었다. 시원한 삼베 잠방이 차림이었던 내가 배를 물어뜯겼으니, 배꼽 근처에는 유혈이 낭자했고 나는 기절하고 말았다.

비명을 들으신 아버지가 사랑방에서 버선발로 뛰쳐나와 나를 안아들고 사랑방에 누이고 나니 집 안이 난리가 났다. 시골이라 한약방 이외에 현대식 병원은 없었던 때라, 침쟁이 한의사가 호랑이 이빨을 불에 구워 가루로 갈아서 참기름에 갠 다음 환부에 붙이면 효과가 있다고 해서, 사람을 풀어 광주군 일대를 수소문한 결과 호랑이 이빨을 구했다고 한다. 하지만 지금 생각해보면 '소'나 '개'의 이빨이지 호랑이 이빨을 어떻게 쉽게 구할 수 있었겠는가 의문이 생긴다. 어쨌든 호랑이 이빨(?) 덕분에 한 달 고생 끝에 죽지 않고 살아났으니 기적이라 하겠다. 개를 사온 지 열흘 남짓밖에 안 되었는데 동네 아이들을 모아놓고 "내가 이 개 주인이니까 개 등에 올라타도 물지 않을 것이다"라고 말을 했으니, 지금 생각해보면 내가 얼마나 어리석은 놈이었는지 부끄러울 따름이다. 그처럼 어리석은 놈이 성장해서 미국 유학도 가고 교육자가 되어 책도 쓰고 제자들도 배출했으니, 오랜 세월 형설의 공을 이룬 업적이 기적이 아니라 말할 수 있겠는가?

미풍양속

우리 마을의 아름다운 미풍양속 몇 가지만 소개하고자 한다. 동네 어귀에는 물레방아와 디딜방아를 겸한 방앗간이 있었다. 부녀자들은 이 방앗간에서 물이 풍부한 여름철에는 물레방아로, 갈수기와 얼음이 어는 겨울철에는 디딜방아로 곡식을 찧어 식량을 마련한다. 또 동구 밖 한적한 곳에 상여를 보관하는 조그마한 집 한 채가 있었다. 동네 사람이 상을 당하면 온 동네 남자들은 상여를 매고 나와 사자의 관을 싣고 장지로 가서 안장해주는 아름다운 협동의 풍습이 있었다.

한 사람이 상여 위에 서서 종소리를 반주 삼아 애절한 노래를 부르면 상여를 맨 상여꾼들은 "어허어허" 하고 후렴으로 답을 한다.

간다간다 나는간다 어허어허
저승사자 인도받아 어허어허
이승떠나 저승으로 어허어허
황천객이 되었으니 어허어허
원통하고 절통하다 어허어허
북망산천 뒤로하고 어허어허
저승길은 멀다는데 어허어허
극락세계 안주하소 어허어허
:

바람에 휘날리는 영전 깃발들을 앞세우고 상여 뒤에 상주와 문상객들이 뒤따르며 장지에 도착해 미리 산역을 마친 봉분에 관을 묻고 돌아오는 일은 이웃 간의 넘치는 정을 보고 느끼게 하는 당시 아름다운 풍습의 일면이다. 70년이 지난 지금은 문명의 이기利器를 향유하는 편리한 세상이지만, 너무나 삭막하게 변해 이웃 간에 왕래하며 정을 나누는 모습은 보기 힘든 세상이 되었다.

4월 하순 파종하고 5월에 모를 심을 시기가 오면 동네 농악대가 동원된다. 이웃 간의 품앗이로 농번기가 시작되면 '농자천하지대본'이라고 쓴 깃발을 내세우고 꽹과리, 장구, 징, 피리, 나팔, 송구 등으로 구성된 농악대가 춤을 추고 풍악을 울리며 논으로 이동한다.

한바탕 농악에 맞추어 신명나게 춤을 추며 논으로 이동하면 깃발을 논두렁에 꽂아놓고 농부들은 논으로 들어가 모를 심기 시작한다. 일정한 간격으로 빨강색 옷고름을 단 밧줄을 이동시키며 모를 심는데, 한 농부가 북을 치며 굿거리장단에 맞추어 구성진 가락을 선창하면 모 심는 농부들은 따라 부르며 모를 심어나간다.

점심때가 되면 아낙네들은 준비해온 밥과 반찬 그릇이 든 광주리를 땅에 내려놓고 점심을 먹으라고 소리친다. 광주리 안에는 보리밥, 고추장, 열무김치, 콩나물과 미나리 등의 나물이 들어 있고, 막걸리가 든 통이 또 반드시 따라온다. 농부들은 논에서 나와 우선 막걸리를 사발로 들이켜고, 큼직한 바가지에 보리밥과 열무김치, 각종 나물과 고추장을 넣고 투박한 숟가락으로 쓱쓱 비벼 점심을 먹는다. 초여름 화사한 날씨에 자연을 벗 삼아 구름 뜬 하늘 아래 점심 한때를 즐기니 세상에 이보다 더 큰 낙이 또 어디에 있겠는가. 농부들이 허기를 느낄 오후 4시쯤이 되면 아낙들은 광주리에 새참을 머리에 이고 와 일꾼들 앞에 내려놓는다. 평화롭고 아름다운 농촌 생활 풍경이다.

벼가 어느 정도 자라 잡초를 뽑고 호미로 논바닥을 매줄 때도 농악대가 동원된다. 약간의 차이는 있겠지만, 팔도강산 어느 농촌에서든 이러한 한민족의 농촌 생활 풍습은 거의 같을 것이다.

지금은 비닐하우스 안에서 모판에 볏모를 키워 농기계에 올려놓고 논바닥을 왔다 갔다 하면 하루 몇 천 평의 논도 삽시간에 모내기할 수 있는 농업자동화 시대에 살고 있으니, 그 옛날과 비교한다면 천양지차다.

: 단발령

능골에서 약 15리 떨어진 곳에 '돌자개'라는 제법 큰 마을이 있었다. 그곳은 막걸리를 생산하는 양조장, 범죄, 법질서, 산불 등을 관장하는 주재소(파출소), 그리고 북어, 미역, 자반고등어, 오징어포, 말린 새우 등을 파는 식품 가게와 양말, 학생모자와 농군 밀짚모자, 옷감 그리고 화장품 등이 진열되어 있는 잡화 상점들이 들어서 있는 읍내 규모의 활기찬 마을이었다. 특히 그곳의 양조장에서 생산된 막걸리가 통째로 자전거에 실려 10~20리쯤 떨어진 오지 마을로 배달, 판매되곤 했다.

1년에 봄과 가을 두 차례 칼을 차고 빨간 테두리 모자를 쓴 순사 두 명이 한 조가 되어 자전거를 타고 농촌 마을을 돌며 골목마다 순찰을 할 때, 놀란 개들이 싸리문 안팎으로 들락날락하며 으르렁거리던 그 모습이 우스꽝스러워 보였고, 지금까지도 나는 옛일을 회상하며 씩 웃곤 한다. 요즈음 도시의 개들은 자전거는커녕 자가용, 트럭도 무서워하지 않고 오히려 차들이 개를 피해 다니는 판인데, 이상한 것을 보고 짖어대며 뒷걸음질쳐 도망가는 개는 얼마나 순진했던가.

우리 집은 머슴과 선산을 관리하는 묘지기 식구와 큰 식솔을 거느리고 큰 집에서 살았다. 집이 좀 크다보니 미처 광 같은 곳을 구석구석 청소하지 못했을 때면 어머니는 안채 대청마루 안마당에 조부의 신식관복을 빨랫줄에 걸어놓으셨다. 조부 문정공文貞公은 조선 말에 6부대신을 두루 거치신 분이셨는데, 학부대신 때 유길준 친일개혁파들이 단발령斷髮令을 제출하면서 조부에게 그에 서명할 것을 요구하자 항론면관抗論免官으로 관직을 사임하고 향리 능골 집으로 낙향하셨다. 과연 조부가 예상한 대로 단발령에 자극을 받은 백성들이 곳곳에서 소요를 일으켰다. 백성들은 떼 지어 관청으로 몰려가 지방관을 살해했다.

한 예로 조부의 친구 되시는 안종수 씨는 그 당시 나주참사관 자리를 맡고 있었는데, 그는 단발을 감행하다가 지방민의 손에 피살되고 말았다. 내 조부는 끝끝내 단발을 하지 않으셨고 신식관복은

한 번도 입으신 적이 없었다고 한다. 그 관복을 어머니는 햇빛을 쪼여 소독도 할 겸 청소하는 날에 빨랫줄에 걸어놓으셨다. 당시 일제 치하였으나 문제된 적은 없었다. 관복을 그렇게 묶어놓으면 일본 순사는 그 관복에 거수경례하고 두말없이 나가버렸다.

| 2장 |

유년 시절과 징병

: 열악한 시골 교육

내가 유년 시절 초등교육을 받을 적에는 내 고향에는 지금의 초등학교라 할 수 있는 보통학교가 없었다. 그런 까닭에 인접한 용인군 모현면에 있는 모현보통학교에 다닐 수밖에 없는 형편이었다. 그나마도 6년제가 아니고 4년제 학교였다.

그 학교의 교장은 이이시마라는 일본인이었다. 이분은 수업을 할 때 와후쿠라고 하는 자기네 나라 옷을 입고 일본 전통 나막신인 게다를 신었다. 온화하고 인격적으로 무척 존경받는 사람이었던 것으로 기억한다. 학교 근처에 교장 관사라 할 수 있는 조그만 집이 있었는데 그 앞 텃밭에 교장선생님 자신이 채소를 심어 식재료로 썼다. 학교에 있는 소사(일하는 사람)도 함께 밭을 일구었는데, 지금 생각하면 그 밭의 크기가 2백여 평 정도였던 것 같다. 그곳에 토마토, 우엉,

토란, 감자 등의 농산물을 키웠다. 그중 토마토가 유독 기억에 남는데, 그때까지만 해도 토마토가 뭔지 몰랐기 때문에 붉은 열매를 보고 저게 뭔가 했었다.

이이시마 선생은 근면했다. 경기도 용인군의 군청소재지는 김양장이라는 마을이었다. 모현보통학교에서 그곳까지는 적어도 30리 이상 되었을 것이다. 선생은 그곳으로 출장갈 때가 많았는데, 그럴 때면 일본 옷을 벗고 양복으로 갈아입었다. 소위 당고바지라는, 밑으로 갈수록 통이 좁아지는 양복바지를 입고, 도리우찌라 불리는 모자를 쓴 채 자전거를 타고 김양장으로 출장을 오가던 모습이 지금도 눈에 선하다.

그때 학교에는 교사가 한 명 더 있었는데 한국인이었다. 이름은 잊었고 이 선생이라고 불렀다. 그다지 성실하거나 교육에 열의가 있던 사람은 아니었다. 정식 교사라고 할 사람은 교장과 이 선생뿐이었다. 여학생들에게 수 놓는 법이나 요리를 가르치기 위해 금요일마다 오는 여강사에, 학교에서 일하는 직원 둘까지 합쳐 교직원 5명이 전부인 작은 학교였다. 학생 수도 많아봐야 70~80명이었을 것이다.

가르치는 것도 특별한 지식이라기보다는 농업 등에 집중되어 있었다. 당시 학교 앞 텃밭에서 감자나 고구마를 심거나 캐고 누에를 쳐서 팔았다. 학교 건물 뒤에 4~5평 되는 한옥이 있었는데, 잠실蠶室이라고 불렀다. 거기서 누에를 키웠다. 하급생들은 뽕나무 잎을 따다

주고 상급생들은 뽕잎 먹이는 일을 했다. 긴 여름방학이 지나고 학교에 가면 운동장에 풀이 굉장히 많아 1학년에서 4학년까지 남녀 학생 모두 호미로 풀을 뽑고 깎으며 운동장을 관리하는 데 많은 시간을 들이기도 했다.

이렇듯 4년제 보통학교의 교육제도는 대단히 빈약했고 과목이라 할 만한 것이 몇 개 없었다. 1학년과 3학년은 교장선생님, 2학년하고 4학년은 이 선생이 가르쳤고 숙제는 거의 없었다. 처음 입학했을 때 교과서 중에 조선어독본이라는 것이 있었다. 내가 3학년 때까지는 있었는데 4학년이 되자 그것마저도 완전히 없어지고 일본어로 된 교과서를 쓰게 되었다. 국어독본, 산술, 역사, 주판 놓기, 곱셈, 나눗셈 등을 배웠던 것으로 기억한다.

보통학교로 배급되는 교과서가 있을 뿐, 다른 자료라든지 보충교육 자체가 전혀 없었다. 학생들의 나이도 제각각이었다. 도시 같으면 빠른 사람은 7세에 1학년으로 입학하고 보통 8세에는 입학을 하는데, 시골이고 집에서 10리나 떨어진 곳에 학교가 있다보니 7, 8세 어린 나이에 보통학교 1학년으로 입학하는 경우는 거의 없었다. 열다섯 살에 1학년으로 들어오는 사람도 있었다. 그 학교 소재지 근처에 있는 사람이거나 주재소 순사의 아들이라면 몰라도, 보통 농민의 자식들은 학교 가는 길이 멀고 험하기 때문에 일찍 입학시키지 않았다. 나도 아홉 살에 1학년으로 들어갔으니 대학 졸업이 다른 사람보다 2~3년 늦은 것도 당연한 일이다.

등굣길은 실로 험했다. 집에서 학교까지 갈 때 지름길로 가려면 개천을 2번이나 건너야 했다. 첫 번째 개천을 건너면 산등성이가 나오고, 한참을 올라가 고개를 넘으면 양쪽에 공동묘지가 있었다. 어린 마음에 궂은 날이나 비가 오는 날에는 그곳을 지나가기가 굉장히 무서웠다. 게다가 당시 나환자가 어린아이의 간을 먹으면 병이 낫는다는 괴상한 소문까지 돌아, 어머니가 공동묘지까지 데려다주고 학교가 끝나면 데려오는 수고를 하셨다. 그나마도 하기가 돼 장마가 날 경우에는 흙탕물이 불어나 도저히 건널 수가 없어 산으로 돌아서 가거나 아예 학교에 못 가고 집에서 쉬는 것이 그 당시에는 보통이었다.

그런 교육환경이다보니 시골에서 공부한 학생들은 서울 같은 큰 도시에 있는 일류 6년제 학교 학생과 차이가 날 수밖에 없었다. 그 당시에는 시골 학생이 서울 학생과 경쟁한다는 자체도 생각하기 어려운 일이었다.

: 서울 생활

용인군 출신의 학생 대부분은 4년제 보통학교를 졸업하면 김양장보통학교 5학년으로 편입한다. 그곳이 거리상으로는 더 가까웠지만, 나는 광주 오포면 출신이었기 때문에 경한(경기도 광주의 옛 이름)에 있는 6년제 보통학교에 편입해야 하는 형편이었다.

그곳에서는 아버지가 주선해주신 덕에 먼 친척이 되는 분의 집에 기숙하며 학교를 다녔는데 쉽지 않은 일이었다. 그곳과 능골은 거의 30리 거리였다. 토요일이 되면 책 보따리를 들고 그 길을 걸어 집에 와서 하룻밤을 자고 일요일 저녁이면 다시 친척 집으로 가야 했는데, 그 불편함이 어린 나이에는 견딜 수 없는 고통이었다.

그러자 아버지는 할 수 없이 나를 그 당시 경성제대를 졸업한 후 결혼해 신접살림을 낸 큰형님 댁에 맡겼다. 그래서 나는 5학년 2학기에 서울, 당시 표현으로는 경성에 있는 정동공립보통학교로 전학하게 되었다. 대한문 옆 샛길로 올라가면 있는 순화동 입구가 화교들이 모여 사는 동네였는데, 정동공립보통학교는 그 안에 있었다. 내가 입학하기 직전까지는 운동장도 좁고 낡은 학교였지만 신축을 해서 넓은 운동장에 3층 벽돌 건물로 바뀌었다.

정동이 화교촌이다보니 학교 주변에는 생경한 것들이 많았다. 주먹만 한 만두를 삶아 파는 중국 음식점이 즐비했고 중국인들로 북적거렸다. 전족을 해 발이 조막만 한 여자들도 종종 만날 수 있었다. 거리에는 반쯤 졸면서 동전을 구걸하는 사람들도 있었는데 아편쟁이들이었던 듯하다. 그 당시 중국에 아편 중독자가 많아 한국에 있는 중국인 교포들도 영향을 받았던 모양이다.

학교 선생님들은 무척 엄격했다. 3명 중 2명은 일본인이었고 나머지 1명이 한국인 교사였는데, 엄한 것은 어느 선생님이나 마찬가지였다. 조금만 무례한 짓을 해도 목도木刀로 머리를 얻어맞아 혹이 생기기 일쑤였다. 선생님은 하늘과 같은 존재였기 때문에 집에 와서 선생님에게 벌을 받은 이야기를 해도 "네가 잘못해서 벌을 받은 건데 웬 불평이냐"는 대답이 의당 돌아왔다.

6학년 때 담임선생님은 다츠다라는 일본인이었다. 나이는 마흔

언저리였다. 아이들이 조금만 잘못하면 반 전체가 교실에 진열된 나무칼을 들고 옥상으로 올라가 검도 연습을 하는 벌을 받았다. 동작을 제대로 하지 않으면 단번에 쫓아와 목도로 머리를 때렸다. 그렇듯 선생을 비난하거나 학교에 반항하는 것을 일절 용납하지 않던 게 일제 시대의 교육이었다.

나는 보통학교를 졸업한 후 원하는 중학교에 진학하지 못했다. 아무래도 시골에서 제대로 된 교육을 받지 못한 채 4년을 보내고 이후에도 여기저기 전학을 다닌 전력을 극복하기가 쉽지 않았다. 당시 일본이 공업학교를 늘려가는 정책을 쓰고 있었는데, 그 영향으로 생긴 경성공립공업학교라는 곳에 1회 입학생으로 들어가게 되었다. 당시 경성공립공업학교는 학교 건물을 미처 짓지 못한 상태였다. 그래서 화동 경기중학교의 구 교사校舍에서 2년 동안 교육을 받았다. 3학년 때는 영등포구에 신축 교사가 생겨 그곳으로 옮겼다.

공업학교에는 모두 7개의 과가 있었다. 나는 그중 전기과를 희망해 입학했다. 각 과에는 교사가 2명씩 배정되었다. 전기과 선생님은 일본 쿠마모토熊本 공업학교를 졸업한 후루카와 이시다라였다. 그곳에서 수력발전소의 원리 같은 기초적인 것을 배웠다.

학교에서는 공업만이 아니라 영어와 중국어도 가르쳤다. 영어는 하라라는 선생이, 중국어는 사가라는 선생이 담당했다. 한국인 교

공업학교 시절 고향에 내려갔다가 조부의 관복을 입고.

사는 음악을 가르치는 김 선생님 한 명뿐이었다. 당시 대동아전쟁이 라고 불리는 전쟁 중이었기에 교련 과목이 상당히 강조되었다. 사토 육군 대좌가 학군단 단장이 되고 그 아래 아카기 중위 등 몇 명의 간부가 군사훈련을 맡아 학생들을 훈련했다.

죽을 고비를 넘기다 :

나는 학교를 졸업하고 중부전력 대전변전소에서 1년 반 동안 근무했다. 그러다가 1924년 이후 출생한 남자는 무조건 징병 대상이 된다는 법령에 따라 입대를 했다. 공업학교 출신이라는 이유로 일본 중부 항공 교육대에 배치되었다. 일본 시가 현滋賀県에 비아코琵琶湖라는 바다 같은 큰 호수가 있는데, 그 근방 요카이치八日市라는 도시에 일본 중부 항공 교육대가 있었다. 우리나라로 치면 논산훈련소와 비슷한 곳이었다. 항공병만 양성하는 곳이라는 게 특이점이다. 매달 수천 명이 들어오고 나가곤 했고, 우리나라 사람뿐 아니라 세계 각지에서 징병된 사람들이 가득했다.

내가 징병으로 입대할 때 형님이 당부했던 말이 있었다. 간부 후보생이 되어야 생명을 부지할 수 있지 이등병으로 전장에 파견되면 죽음을 면하기 힘들다는 것이었다. 나는 대전변전소에 있을 때 그곳에 배치된 일개 분대의 분대장과 인연을 맺었다. 견습사관 군조장이었던 그가 간부 후보생이 선발되는 과정과 '일본육군보병전'이라는 책 같은 것을 알려줘 공부를 미리 해두었다.

당시 중부 훈련소에 있던 사람들은 초등교육도 잘 받지 못한 이들이 대부분이었는데, 나는 중학교까지 나온 데다가 사토 대좌의 추천도 있었고 이런저런 준비도 미리 한 덕분에 간부 후보생으로 지원할 수 있었고, 다행스럽게 합격을 했다. 노란별 하나 달던 이등병이 별안간 별 세 개를 단 상등병이 된 것이다.

중부 훈련소에 들어온 훈련병은 석 달간 훈련을 받고 남양군도나 만주 같은 곳으로 출정한다. 그러나 간부 후보생은 3개월이 지나도 그곳에 그대로 남아 있었다. 아마 그때 전쟁터로 나갔으면 미군의 폭격에 죽었을지도 모른다. 사람의 운명이란 참 기이한 것이다.

중부 훈련소에서 받은 인상 중에 여전히 생각나는 것은, 그곳에서는 소위 민족 차별이 없었다는 점이다. 식민지 시대 전쟁 말엽에는 창씨개명이 강제적으로 이뤄져 한국 사람은 이름을 바꿔야 한다는 지시가 떨어졌다. 그러나 우리 집안은 완고했기에 부친의 절대 반대로 나 역시 내 이름을 그대로 쓰고 있었다. 만약 한국에 있는 일본 군대에 들어갔으면 창씨개명을 하지 않았다는 이유로 분명 얻어맞거나 차별받는 일이 있었을 것이다. 당시 일본 본토에 사는 사람은 내지인이라고 하고 한반도에 사는 사람은 조센징, 또는 센징이라 부르며 말로는 내선일치라고 했으나 민족 차별이 극심했다. 그런데 중부 훈련소에서는 전혀 그런 일이 없었다. 식민지 지배를 하러 나오는 저질의 관료 혹은 일본인들이나 한국인을 무시하는 것이지, 본토 사람들에게는 그런 게 없었던 건 아니었을까 싶다.

그곳에서 나는 낡은 비행기를 정비하는 일을 도맡아 했다. 당시 가미가제라고 부르던 자살특공대가 탈 비행기였다. 그 비행기에는 목적지까지 갈 연료만 있을 뿐 돌아올 연료는 주어지지 않았고, 아주 낡은 비행기가 간신히 뜰 수 있을 정도로만 정비를 했다. 특공대 조종사의 얼굴은 딱 한 번 봤다. 그는 새 군화를 신고 아주 깨끗한 용모로 주머니 안에 초콜릿과 과자 등을 잔뜩 넣고 다니면서 병사들에게 한 개씩 나누어주곤 했다.

미군이 일본 본토에 폭격을 가할 때도 이곳이 훈련부대라는 것을 알아서인지 이쪽으로는 폭탄을 투하하지 않았다. 하지만 가끔 기총 사격 정도는 했는데, 일과가 고단할 때면 '미국놈 비행기나 오지' 싶었던 적도 있다. 왜냐하면 미군 비행기가 접근하면 사이렌이 울리고 사병들은 전부 논두렁 밑으로 들어가 납작 엎드리도록 되어 있었기 때문이다. 이 부대에는 대공포가 없었던 탓에 미군 조종사의 얼굴이 보일 정도로 비행기가 가까이 와도 그렇게 도망가는 것밖에 방법이 없었다. 대신 사이렌이 울리면 작업을 멈추고 논두렁 밑에서 쉴 수 있다는 게 나에게는 오히려 좋은 일이었다.

우리 쪽으로 오는 공격은 거의 없었지만 나고야는 수없이 폭격을 받았다. 나고야에는 중공업 군사무기 제조사가 많았기 때문이었을 것이다. 시가 현과 나고야는 거리가 꽤 있었는데도 밤만 되면 B-29의 폭탄에 의해 나고야가 낮같이 환해지는 것을 자주 보았다. 나는 전쟁터에 나가지는 않았지만, 정비 도중 프로펠러 바로 옆에 있다가 운전병이 갑자기 시동을 거는 바람에 그곳에 빨려들어가 죽을 뻔한 웃지 못할 일은 겪었다.

그러다가 중부 훈련소에서 더이상 훈련을 할 수 없어서인지 부대가 분산되어 훈련소에서 나와, 다른 대대에서 간부 후보생 교육을 받지 않고 오로지 비행기 정비 작업만 했다. 그때가 1945년 6월경으로 해방을 불과 두세 달 앞둔 시기였지만, 당시는 그런 소식을 접할 방도가 전혀 없었다. 낡은 비행기 수백 대를 끌고 와서 비행기를 은폐하기 위해 소나무와 대나무를 베어 덮어놓고 그 안에서 작업을 했다.

당시 더운 여름이라 나무가 쉽게 건조해져 색이 변해 매번 나무를 새로 베어와야 했는데 비행기 정비보다 나무 베는 일이 더 힘들었다. 한번은 내게 배당된 전투기의 시동을 걸자 별안간 주먹 같은 돌멩이가 날아가 주위의 집 벽을 망가뜨린 일이 있었다. 일본 사람들이 이튿날 그 집을 찾아가 고쳐주고 했던 기억이 난다.

당시 식사라고 나오는 것이 현미밥에 나노하나(菜の花: 유채꽃), 비아코에서 잡은 조그만 조개를 넣고 끓인 된장국, 일본 김치 조금이 다였으니 늘 허기가 졌다. 나무를 베러 가면 일본 사람들이 다마네기玉ねぎ라고 부르는 양파가 있었는데 호주머니에 넣어 쓱쓱 비벼 먹었다. 양파를 먹으니 눈물이 쏟아졌지만 배고픔 덕인지 그마저도 맛이 좋았다.

: 귀국

고된 나날은 오래가지 않았다. 어느 날 일본 천황이 12시에 중대선언을 한다고 해서 라디오를 틀었다. 감도가 낮고 일본어의 완전한 뜻을 알 수 없었지만, 대동아전쟁이 종결되었고 대일본부대는 무조건 연합군에게 항복한다는 말은 똑똑히 기억난다. 그 방송을 듣고 이제는 살았구나 하는 안도감이 들었다.

그 후 일본인 중위가 나를 불러 일본이 무조건 항복을 했고 미군이 이곳을 접수할 모양이니, 나는 한국 사람이니까 미리 제대하고 집으로 돌아가라고 했다. 생각해보면 내게 그런 배려를 해준 그 중위는 식민지에 주둔한 군인과는 다른 면모를 지닌 참으로 좋은 사람이었다. 그는 내게 부대에 있는 쌀을 가져갈 수 있을 만큼 챙기고 새 군복으로 갈아입고 새 군화까지 챙겨 한국으로 돌아가라고 했다. 돈보다 쌀을 챙겨야 여관에서 재워줄 거라는 이야기였다. 한 말을 짊어지고 나왔는데 너무 무거웠던지라 한국으로 가는 배편이 있는 시모노세키까지는 도저히 들고 갈 수가 없어 반은 남을 주고 반만 들고 왔다. 어서 집에 가고 싶은 마음에 일본군에서 받아 우편국에 저축해 놓은 그때까지의 급여도 찾지 못했다. 아마 소노하다 우편국에 가보면 지금도 내 이름으로 저금된 잔고가 있을지 모른다.

소노하다에는 남다른 기억이 하나 있다. 중부 훈련소에 있을 때 일요일에는 병영에서 나와 자유롭게 시내를 오갈 수가 있었다. 소노하다에는 한국인 가족 10여 세대가 있었는데, 그중 나에게 유독 친절하게 대해주는 가족이 있었다. 나와 같은 또래의 아들이 중국으로 출전해 생사를 모르는데, 내가 오면 그렇게 아들 생각이 난다며 밥을 챙겨주었다. 일요일이면 그곳을 찾아가 쌀밥을 얻어먹곤 했는데 그분의 이름 한 번 제대로 여쭙지 않은 게, 쌀이라도 드리고 오지 못한 게 지금도 후회가 된다.

어찌 되었든 짊어지고 온 쌀을 조금씩 주면서 호텔에서 환대를 받아 잘 먹고 잘 자면서 시모노세키까지 왔다. 그런데 시모노세키 앞바다에 군대가 어뢰를 부설해서 배가 뜰 수가 없다는 것이었다. 야마구치 현山口県으로 이동해서 배를 타야 한다고 해서, 다시 그곳까지 가서 배를 타고 한국에 무사히 도착한 게 1945년 9월 초인 듯하다.

| 3장 |

6·25 동란과 유학등정

전력삼사電力三社

죽을 고비를 넘기고 한국으로 돌아온 후, 일본 사람이 철수하고 경성대학으로 바뀐 대학의 예과에 시험을 쳐서 입학했다. 2년 동안 대학을 다니는 중에 경성대학이 국립 서울대학교로 바뀌면서 2학년 학생들 중 이과 갑류는 공과로 가고 이과 을류는 의학, 문과 갑류는 문학, 문과 을류는 법학으로 가게 되었다. 나는 서울대학교 전기공학과를 지망해서 입학했다. 이후로 결혼을 하고 첫아이까지 갖게 되었다.

1950년 6·25동란이 일어나기 전까지 나는 조선전업朝鮮電業 급전실給電室에 근무하고 있었다. 그 당시 우리나라 전력회사 구조를 보면 발전회사인 조선전업, 배전회사인 경성전기京城電氣와 남조선전기南朝鮮電氣로 3분화되어 있었다. 조선전업이 발전한 전기를 양 배전회사에 팔고 배전회사들은 공장과 공공기관 및 도시 주택 등에 전력을 공급하고 있었다. 조선전업은 화천, 청평, 섬진강 등 세 개의 수력발전소와 서울 당인리, 영월, 그리고 부산 등에 화력발전소를 소유하고 있었다. 조선전업은 을지로입구 구 치안국治安局 건물 바로 옆에 본사가 있었고, 경성전기 본사는 산업은행(현 롯데백화점 자리) 건너편에 위치했고 개성부터 대전 지역까지 배전 업무를 담당하고 있었다.

남조선전기 본사는 종로 화신백화점 옆 안국동 방향으로 한 블록 떨어진 곳에 있었고, 배전 영역은 대전 이남 부산, 목포까지 포함했다.

전력 3사는 나중에 통합된다. 1960년 자유당 부정선거에 항거, 1960년 4월 18일 고려대생들의 결기를 시작으로 4월 19일 오전 서울대생 2천여 명이 "민주주의 바로잡고 공산주의 타도하자"라는 구호 아래 국회의사당 앞에 집결했다. 곧이어 연세대, 성균관대, 건국대 학생들과 시민들이 합류, 경무대로 행진하는 도중 경찰의 발포로 많은 학생들이 희생당했다. 자유당 정부는 비상계엄령을 선포하고 치안을 유지하려 했으나 사태는 더욱 악화되었고, 결국 1960년 4월 26일 이승만 대통령은 하야하겠다는 담화문을 발표하고 경무대에서 이화장으로 옮겼다가 하와이로 망명하게 된다.

이 공백 기간 동안 허정 내각수반이 임시로 정부를 맡아 과도기를 이끌어가다 1960년 7월 29일 민·참 양원의원 선거에서 민주당이 압승하고, 8월 12일 민·참의원 합동회의에서 윤보선 대통령, 장면 총리가 선출되었으나, 두 달 만에 신구파 갈등으로 끝내 분당 사태에 이르렀다. 결국 민주당은 277일간 집권하다가 1961년 5월 16일 붕괴되고 말았다. 국가재건 최고회의 의장 박정희 장군이 민선 대통령이 된 후 국가 전반에 걸쳐 구조조정이 시작되었다. 그 여파로 전력 3사는 한국전력공사로 통합되고 현재에 이르고 있다.

난망지우難忘之友

사람이 한평생 살다보면 잊지 못할 일, 고통스러운 일, 보람 있는 일, 슬픈 일, 기억에 새로운 일, 성취감에 기쁜 일 등 각자 나름대로 희비애환喜悲哀歡의 경험이 있을 것이다. 내가 살아온 일생 동안 마음의 친구이자 무슨 말이든 부담 없이 받아주는 딱 한 명의 친구가 있으니, 바로 박군이다.

박군과 나는 대학 예과 이과 갑류에서 2년 동안 같은 반에서 공부했고, 서울 공대 전기공학과에 진학한 후에도 3학년까지 같이 공부한 난망지우다. 대학 4학년으로 올라갈 때 6·25 전쟁이 터졌다. 북한군은 소련제 T-34 전차로 무장한 105 탱크사단을 앞세워 남침 3일 만에 수도 서울을 점령했다. 한강 다리는 끊어지고 수많은 서울 시민들은 오도가도 못하는 신세가 되고 말았다. 이런 와중에 나와 박군도 서울에 갇혀 있었다.

박군의 고향은 경상북도 경산으로 유학차 서울로 상경하여 하숙집에서 6·25 동란을 맞았지만, 그 후 중앙청 옆 효자동에 있는 그의 큰형 집에서 기거하게 되었다. 민주당 정권 때 교통부 장관을 지낸 박군의 큰형은 서울을 탈출했고, 막내인 박군이 큰형 집에서 형수와 어린 조카들을 돌봐야 할 처지였다. 나도 서울에서 벗어나지 못해 자연 박군과 나는 전쟁 와중에도 같이 다니게 되었다. 식량 부족으로 먹을 것은 없었고, 때로 방산시장에 같이 가서 강냉이 한 자루, 찐 감자 한 개씩 사먹기도 했다.

그러던 중 나는 서울서 멀지 않은 경기도 광주가 고향이라 친척들이 있는 광주로 내려가게 되었다. 서울에서는 식량을 구하러 시골로 내려가 필목을 팔아서 다른 물건과 교환하여 오기도 했다. 서울에서 능골까지는 80리 거리인데 걸어가면 7시간 이상 걸린다. 다행히 우리 두 사람은 전쟁 중인데도 동대문에서 광나루행 기동차를 타고 왕십리를 지나 뚝섬 역에서 내려 배편으로 한강을 건너 송파와 말죽거리를 거쳐 80리 길을 노닥거리며 분당에서 잠시 쉬다가 광주 능골로 가곤 했다. 또는 을지로6가에서 만나 장충단 공원을 넘어 서빙고로 빠져 배로 한강을 건너 판교(속칭 너더리)에 도착한 후 분당을 거쳐 능골로 가는 코스도 있었다. 현재 송파나 말죽거리는 서울시에 편입

되어 빌딩숲을 이루는 번화한 거리가 되었지만, 그 당시에는 경기도 광주군 낙생면에 속해 대부분 모래밭이었다.

그곳 사람들은 수도 서울이 코앞인데도 참외나 수박 등을 재배해서 그 농작물을 서울로 싣고 가 팔아 생계를 이어가는 가난한 농민이었다. 내가 송파–말죽거리–분당–능골 코스를 택한 이유는 수박이나 참외를 싸게 사먹을 수 있는 이점 때문이었다. 서빙고–판교–분당–능골 코스는 참외나 수박 같은 과일 농작물이 적어 값이 비쌌다.

나와 박군은 작은 수박 한 통과 참외 네 개를 사들고 먹어가며 쉬다 가다 능골을 찾곤 했다. 처음에는 묘지기와 동네 소작인이 환영까지는 아니었지만 그래도 보리밥과 감자조림과 김치 등으로 대접해 주었다. 그런데 속담에 '방구가 잦으면 똥이 나온다'는 말처럼 방문이 두 번 세 번 이어지자 영 태도가 달라졌다.

젊어서 그랬는지 우리 둘은 전쟁통에 언제 죽을지 모르는 상황인데도 죽음에 대한 공포심 같은 것은 못 느꼈었다. 창경궁 정문 앞 건너편에 서울대 의대 뒤 영안실이 있었는데, 7월 복중에 수십 구의 뚱뚱 부어오른 부상병 시신에서 파리 떼가 들끓고 악취가 진동했다. 서울 시내는 점점 살벌해지고 신분 검색이 강화되면서 골목마다 새끼줄을 치고 젊은 남자를 어디론가 끌고 가는 형국에 이르렀다. 따라서 나와 박군은 더이상 서로 만나기가 어렵게 되었다.

그래서 나는 고향 능골로 피신하기로 하고 형수님과 둘이서 인민군 아침식사 시간에 맞춰 장충단 공원을 넘어 서빙고까지 가서 형수님은 집으로 되돌아가고 나는 한강을 건너 판교를 거쳐 능골로 들어갔다. 한편 박군은 어린 조카 둘을 데리고 대구, 경산을 향해 남하하기 시작했다고 한다. 박군은 능골을 지나 용인 무둠치 고개를 넘어 이천, 여주, 장호원으로 남하하는 도중 죽을 뻔한 고비를 여러 번 겪었으나 어린 조카 덕분에 검문에서 벗어나곤 했는데, 고향을 코앞에 두고 학질에 걸려 사경을 헤매다가 간신히 고향 경산에 도달했다고 한다.

이후 박군은 군에 입대해서 육군 장교로 입관한 후 휴전까지 근무하다 제대해 남조선전기 회사에 입사했다. 그 후 박사학위를 받고 보잉에서 근무하다 1960년 1월 10일 귀국해서 조선전업에 복직했다. 그리고 얼마 안 있어 대학교수가 되고 나서 나와 박군은 재회의 기쁨을 누리게 되었다.

1961년 5·16 이후 전력 3사는 합병되어 한국전력공사로 개편하게 된다. 박군은 전력공사 송배전 부장에서 이사까지 역임했고 정년퇴임 후 극동건설 사장으로 다년간 근무하는 등 화려한 경력의 주인공이 되었다.

또 한 가지 남기고 싶은 것은 박군은 공학을 전공한 사람인데도 감성이 풍부해서 많은 시詩를 발표하고 여러 권의 시집을 발간하고

문인으로서 문단에 정식으로 등록된 인정받는 시인이라는 점이다.

실로 박군은 의리의 사나이다. 나를 항상 마음의 친구로 생각하고 수년에 걸쳐 한결같이 세계 여러 나라의 명승지, 고적, 고궁, 사찰, 박물관 소장품, 명산, 폭포 그리고 사계절 피는 꽃, 경치 등 수백 장의 사진을 이메일로 보내주니 참 고마운 마음 이를 데 없고 미안한 마음도 금할 길 없어 실로 후안무치厚顔無恥의 심경이다.

눈 코 뜰 사이 없이 바쁘다보니 이 세상에서 둘도 없는 친구 박군에게 연락도 자주 못하고 지내니, 나는 친구로서 의리도 모르는 사람이 되고 말았다. 박군은 나에게 얼마나 서운한 마음을 가졌겠는가? 그저 용서를 빌 따름이다.

고향에 돌아오다

내 이야기를 이어가자면, 고향을 찾아 능골로 들어선 나는 우선 선산을 관리하는 묘지기가 기거하는 묘막집으로 들어섰다. 그러나 그쪽은 반기는 기색이 아니었다. 당시에는 경향 간 피란민 대열로 농촌 사람들은 음으로 양으로 "된장 한 숟가락 좀 달라, 파 한 뿌리 좀 달라" 하는 요청에 시달린 터라 농촌 인심이 흉흉했다.

저녁을 먹은 후 묘지기는 "어느 누구 집이든 간에 외부 사람이 단 하룻밤이라도 자면 반드시 군정치 보위부에 신고해야 한다"고 말했다. 그 말을 듣는 순간 섬뜩했다. 고용주를 보고한다는 것이 볼썽사나웠지만, 보고를 안 하자니 나중에 발각이라도 되면 큰 피해를 입을 것 정도는 나도 충분히 이해가 갔다. 하지만 내가 오자마자 그런 이야기를 하니, 나는 이곳을 떠나야겠다 마음먹고는 다음날 아침 인사를 전하고 묘막을 떠났다. 어디로 가야 하나 아주 난감했다.

순간 능골 묘지로부터 약 10리쯤 떨어진 '소우리'라는 외진 산중 마을이 떠올랐다. 그곳으로 피신할 밖에 별 도리가 없었다. 소우리는 약 7, 8세대가 사는 조그마한 산중 마을인데, 동네 사람들은 우리 집 내력을 아주 잘 아는 이들이었다. 그중 한 집주인이 연안이씨로 촌수를 따지자면 먼 친척뻘이었다. 매년 동짓달에 우리 집에서 시제를 지낼 때 내려와서 제사에 참여한 후, 형들과 어울려 잘 지낸 그분은 우리 큰형님보다 나이가 더 많아 형님이라 불렀다.

그 족형族兄은 아들 형제를 두었는데 큰아들은 먼저 세상을 떴고 둘째 아들하고 살고 있었다. 그 형 내외분은 나를 인민군 치하에서 3개월간 걱정 없이 잘 지내게 해주신 고마운 분들이다. 이 마을에서 조금 더 올라가면 백년암 고개라는 산마루가 있는데, 수원이나 용인에서 백년암 고개를 넘어가는 산길이 능골로 내려가는 통행로가 되었다. 내가 그곳으로 피신한 것이 7월 중순이었는데, 1950년 9월에 UN군이 인천에 상륙하고 수도 서울을 탈환한 후까지 아무 근심 없이 지내며 그 일가에서 신세를 졌으니 고맙기 이를 데 없다.

그 집에 머무를 당시 낮에는 조카 녀석과 깊은 산 바위 안에 몸을 숨겼는데 형수님이 바구니에 주먹밥과 김치 등을 날라다주었으며, 늦은 밤이 되면 내려와 사랑채에서 자고 그 이튿날 또다시 산중 바위 밑에서 가서 지내는 생활을 했다. 그때 형님 내외분이 친 혈육보다 더 잘 보살펴주셨으니 백골난망白骨難忘이란 이를 두고 하는 말인 것 같다.

조카 녀석 때문에 곤란했던 일이 몇 번 있었다. 나이가 어린 녀석이 해소병이 있어 기침과 재채기를 자주 했다. 어느 밤 9시쯤 하산하고 있는데 근처 숲 속에서 요란한 총소리와 한 줄기 불기둥이 솟아오르는 신호탄에 깜짝 놀랐다. 먼 산중에서 서로 연락하기 위해 인민군이 쏜 신호탄 같은데 바로 옆에서 터지는 것 같이 느껴져 소스라치게 놀랐다. 특히 조카가 밤이슬로 체온이 떨어지면서 재채기를 해대는데 내가 깜짝 놀라 손바닥으로 입을 막아봐도 백약이 무효였다. 재채기 소리에 인민군이 금방이라도 따발총을 들고 달려올 것 같은 불안과 공포를 느꼈으나 천만다행으로 별일은 벌어지지 않았다.

때는 추석명절이 가까운지라 산중 바위에 못 가는 날이면 조카와 둘이서 물지게를 지고 물을 길어와 배추밭에 뿌리곤 했다. 저녁식사 때 감자를 넣고 끓인 수제비가 어찌나 꿀맛인지 내 평생 잊을 수가 없다. 1950년 9월 중순부터 낙동강 전투에 투입된 7만의 북한군 주력이 퇴각하기 시작해 패잔병들이 하나둘씩 쩔룩거리며 백년암 고개를 넘어 마을을 지나가는 모습이 너무나 처량하게 보였다. 어느 패잔병은 빈손으로, 어느 병사는 따발총을 어깨에 매고 삼삼오오 북으로 걸어가는 것을 보자 분개심이 생기기도 하고 한편으로 측은하게 느껴지기도 했다.

내 고향 능골 윗동네는 서원말이라 불렀다. 그 마을에 포은 정몽주 선생의 종손인 정만수 군이 살고 있었다. 만수는 나와 같이 용인군 모현보통학교에 다녔던 2년 후배이다. 서원말은 분당 고개 넘어 태재마을에서 흘러 내려오는 개울과 내가 피란 간 소우리마을에서 내려오는 개천물이 합류하는 삼각주에 위치한 50호가량의 제법 큰 마을이다. UN군 인천 상륙 작전이 성공하고 서울로 진격하는 시기에 정만수와 몇몇 동네 청년들이 술집에서 막걸리를 마시며 "이젠 인민군 놈들은 독 안에 쥐새끼야, 국군이 태재 고개만 넘어오면 우리의 세상이다" 라며 노닥거리고 있었는데, 농민복으로 가장한 정치 보위부 요원이 다가와 "당신네 말이 옳소" 하고 같이 술을 마시다 밖으로 나오자마자 권총으로 정만수 외 3명을 모두 무참하게 살해했다고 한다. 이런 소식을 족형이 알려주며 정말 말조심해야 한다고 충고해주었다.

급전실 근무

1950년 9월 27일 미군과 국군이 서울에 입성하니 북한군 낙동강 주력부대 7만 명 중 불과 2만 5천 정도의 병력이 북으로 퇴각했다. 서울이 완전히 우리 치안으로 회복할 무렵 문중 형님 내외분께 오랫동안 신세진 것에 감사하다는 인사를 하고 서울의 형님 집으로 돌아왔다. 3개월 만의 서울 탈환 기쁨이 채 가시기 전에 UN군과 국군은 38선을 넘어 1950년 10월 19일 평양에 입성한 후 계속 진군했다. 우리 국군 제6사단 30연대 용사들은 마침내 1950년 10월 26일 압록강 국경까지 진출해 태극기를 꽂고 수통에 압록강 물을 가득 넣었다. 그러나 승전의 기쁨도 잠시, 약 30만 명의 중공군과 혹독한 한파에 맞닥뜨린 국군은 1951년 1월 4일 통한의 후퇴를 해야만 했다.

북한군과 중공군이 수원까지 반격해 내려오니, 서울 시민은 또 다시 피란길에 나서게 되었다. 나도 그 대열에 끼어 부산까지 내려와 호구지책糊口之策으로 부산 UN군 편성사령부 노무처에 잠시 근무하다 1952년 2월 조선전업 본사 급전실에 취직했다.

조선전업 본사는 6·25 동란으로 인해 부산으로 이전해 부산화력발전소에 임시 본부를 설치했다. 조선전업 조직은 전기부, 발전부, 송전부와 관리부로 구성되어 있었고 나는 전기부 급전실에 속했다. 급전실은 부산화력 건물 2층에 이어 단 까치집 같은 가건물이었는데, 2인이 한 조가 되어 주야로 교대 근무하는 혹독한 환경이었다.

그 당시 부산 서면에 부산 UN군 편성사령부Pusan Army Assembly Command가 있었는데, 매일 수만 명의 UN군이 집결하여 전선으로 투입할 신규 부대와 후방으로 교체할 병력 부대가 재편성되는 집합 장소였다. 그리고 부산역 전 5층 건물 내에 미군 부산 지구사령부Pusan Base Command가 있었다. 이 사령부의 사령관이 스미스 대령이었다. UN군과 국군 부대에 공급하는 전기만도 태부족이어서, 미국은 부산항에 Impedance 발전함과 마산항에 Jacona 발전함을 정박시켜 거기서 만들어낸 전기와 부산화력에서 만들어낸 전기를 합한 전력을 군부대에 우선적으로 공급해야 할 입장이었다. 그래서 민간, 가정에는 저녁식사 때만 30분 정도 전기를 공급하는 것이 고작이었다.

미국 발전함에서 생산한 전력에 의존하는 상황이라 매주 전력의 수요 공급 상황을 부산 지구사령부에 보고해야 했다. 그 당시 급전실에는 김종주 급전 계장과 서울 공대 출신의 요원 단둘뿐이었다. 영어를 할 수 있는 나에게 그 일을 맡아달라고 해 처음에는 참 난감했지만 맡지 않을 수가 없었다. 그래도 서울대 예과 이과 갑류 시절에 영어와 독일어를 2년간 호되게 교육받은 덕분에 어느 정도 읽고 쓰는 기본이 되어 있어 다행이었다.

부산 지구사령부에서 이 보고를 직접 받는 사람이 사령관인 스미스 대령이었다. 이 일을 한 8개월쯤 하다보니 스미스 대령과도 친숙해지고, 사적인 문제도 주고받을 정도가 되었다. 그러던 어느 날, 스미스 대령이 내가 미국에 가서 공부하고 싶다면 언제든지 추천장을 써주겠다고 제안했다. 결혼한 몸이고 큰아들이 갓 태어난지라 미국 유학이라는 것은 당시 나에겐 꿈같은 소리였다. 어쨌든 스미스 대령의 추천장을 일단 받아두었다. 철원 북쪽에서 밀고 밀리는 격전이 벌어지는 와중에 우리 조선전업은 선발대로 서울로 돌아왔다. 서울에 돌아와보니 서울 시내는 거의 파괴되어 있었지만, 그 후 정부부처가 속속 환도해 도시는 점차 활기를 띠게 되었다.

서울 본사에서도 고된 근무는 이어졌다. 각 부서에서는 수화력 발전소 복구를 위한 검진 작업과 송전선로 복구 작업이 바쁘게 돌아갔다. 서울에는 먹을 만한 음식점이 없었다. 점심시간이 되면 직원들은 삼삼오오 을지로입구 부근의 천막 음식점에서 밀가루 칼국수 한 그릇으로 식사하는 것이 고작이었다.

경성전기 본사 뒤 2층 건물에 문교부文敎部가 자리잡고 있었다. 어느 날 점심을 먹고 우연히 건물 앞을 지나다보니 한미재단American-Korean Foundation에서 미국 유학생 15명을 선발한다는 공고문이 보였다. 선발시험은 영어와 구술이며, 출신학교 총장 추천서와 유력 인사의 추천서도 된다는 것이었다.

문득 스미스 대령의 추천서가 생각났다. 그래서 서울대학교 최규남 총장과 스미스 사령관의 추천서를 구비하여 지원서를 냈고 운좋게도 합격을 했다. 선발 유학생은 한미재단에서 2년간 학비 전액과 왕복여비를 지원받을 수 있었다. 당시 이기붕 서울시장이 합격자 전원을 만찬에 초대해 후하게 대접해주었고, 주한 미국대사도 그 자리에 참석해서 축하해주었다. 이러한 과정을 거쳐 나는 미국 유학의 길에 오르게 되었다.

부산항을 뒤로하고

한미재단은 선발된 유학생 15명을 5명씩 3조로 나누어 1954년 6월, 7월, 8월에 부산항에서 배편으로 분산 출국시켰다. 나는 3조에 배당되어 8월 10일 부산항에서 미국 선적 화물선에 타게 되었다. 그 당시는 제트 여객기는 없었고 프로펠러 항공기뿐이었으며, 학생 신분으로 비행기를 타고 유학 간다는 것은 상상할 수 없는 일이었다. 1954년 8월 9일 나는 아내와 기차편으로 부산으로 내려와 여관에서 하룻밤을 자고 그 이튿날 10일 지정된 집합 장소인 부산 부두로 갔다. 부둣가에는 우리 일행 5명과 가족들이 나와 있었다.

화물선 승무원의 안내로 우리 일행은 승선했다. 부둣가에서 나를 바라보는 아내의 모습이 안쓰러워 지금도 그 생각을 하면 가슴이 아프다. 아내도 떠나는 남편을 바라보며 눈물을 흘렸을 것이다. 아내와 두 살배기 아들을 두고 떠나야 하는 나의 심정이 편할 수는 없었다.

일행을 태운 배는 동해를 북동쪽으로 행진해서 일본 홋카이도와 아오모리 사이의 스가루 해협을 통과해 북태평양으로 진입했다. 화물선은 알류샨열도를 옆으로 거친 파도를 헤쳐가며 미국 워싱턴주 시애틀을 향해 항해를 계속했다. 그런데 북태평양 해상은 강풍지수가 어찌나 높은지 선체의 앞뒤좌우 요동이 너무 심해 우리 일행은 기진맥진 누운 채 뱃멀미에 시달려야 했다.

오로지 배움을 향한 갈망으로 보다 큰 무대인 미국 유학을 선택했는데 시작부터 고난의 연속이었다.

선내 식사

선내 식사가 입맛에 맞지 않아 고통이 더욱 심했다. 하루 세 끼를 주로 육식으로 지냈는데, 승무원이 무어라고 물어보는데 무슨 뜻인지 잘 알아들을 수 없어서 그저 Yes라고만 대답했다. 가져온 스테이크를 나이프로 자르면 빨건 피가 흐르는 고깃덩어리였다. 승무원의 질문은 '고기를 어떻게 구울까요?'였던 것 같다. 지금 짐작하건대 Rare, Medium, Medium Well-Done, Well-Done 중 어느 정도로 구울 것인가를 물으며 미국인들은 연한 고기를 좋아하니까 Rare로 하겠느냐고 이야기한 것인데, 우리는 그저 Yes라고만 대답한 것이다. 눈만 감으면 그저 김치 생각, 된장찌개 생각이 나 우리 일행은 시애틀에 도착하기까지 식사 문제로 큰 고통을 겪어야만 했다.

그때 겪었던 한 가지 재미나는 일화가 있다. 항해 중 나와 옆자리에서 내내 같이 지낸 사람이 이병희 박사였다(그때는 아직 박사학위를 받기 이전이었다). 이 박사는 서울 공대 기계공학과를 졸업한, 나와 선후배 관계였다. 우리 일행 5명은 시애틀에 도착하기까지 18일 동안 뱃멀미에 시달렸기 때문에 얼굴들이 야위어갔다. 그런데 이 박사만은 그리 피곤을 느끼지 않는 것 같았다. 그 당시 우리나라에는 플라스틱 용기가 없었던 시대여서 노란색 알루미늄 도시락 그릇이라 열고 닫을 때 달그락 소리가 났다. 식사가 입에 맞지 않아 잘 먹지 못해서 배는 고프지만 잠을 청해도 잠이 오지 않는데, 옆에서 달그락 소리가 들려 눈을 떠보니 이 박사가 무언가를 꺼내 입에 넣는 것이 아닌가.

신기하고 이상해서 보니 말린 대구알이었다. 그래서 이 박사에게 그것이 무엇이냐고 하자 아무것도 아니라는 것이다. "그게 무엇인지 조금 맛 좀 봅시다" 했더니, "이 선배, 사람이 많으니 다 나누어 먹을 수가 없어 내 조금 줄 테니 맛만 보세요" 하며 알 한 토막을 건네주었다. 그 대구알을 입에 넣어 씹으니 눈이 번쩍 뜨이고 거짓말 조금 보태면 하늘을 날아갈 것 같은 기분이었다.

그렇듯 하루 세 끼 육류 음식이 식탁에 올라오니 미국인에게는 성찬일지 몰라도 우리에게는 그것보다 김치 생각만 간절했다. 이런저런 선내 생활을 18일간 한 후 드디어 시애틀 항구에 도착했다.

: 시애틀 상륙

선장이 우리 일행에게 상륙을 허가하되 4시간의 여유를 줄 테니 꼭 돌아오라고 명령조로 말했다. 우리는 상륙 허가가 나자마자 당장 일식집부터 찾아 식사하기로 마음먹었다. 그 당시 미국에 이민을 간 우리나라 사람은 거의 없었다. 그래서 꿩 대신 닭으로 찾은 동양 음식점이 일식집이었다.

시애틀 시에서는 일본촌과 중국촌이 있는데 특히 일본 사람들이 많이 살고 있었다. 그 이유는 2차 대전 당시 하와이에 거주하는 일본인들을 미국 본토로 강제 이주시켜 서부 로키산맥 구석진 곳에 정착해 살게 했기 때문이다. 2차 대전이 끝난 1945년 후반에 일본 이민자들의 집단 이주가 풀려 일부는 하와이로 돌아가고, 또 일부는 시카고, 덴버, 시애틀, 샌프란시스코, LA 등지에 정착했다고 한다.

우리 일행은 택시로 나누어 타기로 하고 한 차에는 미시건으로 가는 두 사람이 타고, 나를 포함한 나머지 세 명은 다른 택시에 올랐다. 그 운전기사가 일본인 이민 2세라서 일본말을 잘 알아들어 일본 식당으로 데려다주었다.

배에서 식당으로 향하는 택시 안에서 시가지를 바라보니 모든 것이 새롭게 보였다. 특히 만국기가 나부끼는 장소에는 여러 색깔의 중고 자동차들이 즐비하게 진열되어 있었다. 서울에서는 보지 못한 광경이었고 내 눈에는 모두가 새 차 같아 신기하게만 보였다. 서울에서는 전시, 전후에도 군용 지프차나 스리쿼터, 군 트럭 같은 것만 보였는데, 오색의 중고차를 보니 신기할 수밖에.

일본 식당에도 김치는 없었지만 그래도 한식과 얼추 비슷한 반찬들을 먹으니 조금이나마 입맛이 돌았다. 원래 일본 음식은 조그마한 접시에 쓰케모노(시금치와 배추를 절인 것)를 주는데, 양이 차지 않아서 더 달라고 했더니 여러 번 가져다주었으며 일본 간장에 찍어먹으니 비위가 조금 가라앉는 것 같았다.

그런데 식사 후 카운터에서 계산을 하는데 가격이 너무나 비싸게 나와 의아했다. 우리나라 같으면 김치 같은 반찬은 더 달라고 부탁하면 공짜로 주는데 미국 내의 일본 식당에서는 추가 반찬도 꼭 돈을 더 내야 한다는 것을 알고는 놀라고 말았다.

촌놈들이라 시내를 여유롭게 구경할 마음을 미처 갖지 못했다. 주어진 4시간도 못 채우고 돌아온 우리 일행은 또다시 화물선에 승선했다.

해안 따라 남쪽으로

시애틀에서 각자 헤어져 가면 될 일이지만, 한미재단에서 정해준 여정이었기 때문에 워싱턴, 오리건, 캘리포니아 등 태평양 연안을 따라 오클랜드로 입항했다. 태평양 해안선을 따라 항해하다보니 진기한 것들을 많이 볼 수 있었다. 물론 북태평양에서 경험한 지옥 같은 황량한 바다에 떠다니는 것보다 아주 즐거운 여행으로 느껴졌다. 오클랜드에 저녁 무렵 도착하니 샌프란시스코 총영사관 영사 두 분이 마중나와 우리들을 나누어 태웠고, 기나긴 오클랜드 베이브리지를 건너 총영사관에 도착해 여장을 풀었다.

당시 주요한 선생이 총영사였는데 성격이 깐깐한 분이었다. 우리를 어린애 다루듯 하시며 미국 생활에서 지켜야 할 모든 일에 일일이 신경을 써주셨다. 주요한 총영사는 영어에 능통한 분이고 청년 시절에 이승만 박사를 도와 독립자금까지 낸 분으로 알고 있다. 저녁식사는 영사관에서 준비해주었는데, 김치, 나물, 고기 산적 같은 한식으로 대접을 받아 오랜만에 음식다운 음식을 배불리 먹었다. 영사관 직원이 각자 떠나는 일정에 대해 주의사항들을 설명해주었고, 하룻밤을 영사관에서 자고 다음 날 다시 오클랜드 시로 돌아와 기차를 태워주었다.

미 대륙 횡단

각자 가방 두 개씩을 들고 플랫폼으로 들어가 기차를 타게 되었다. 미국 유학을 준비하면서 새 가방 두 개를 마련했다. 그 당시 고급 가방은 두꺼운 황토색 소가죽 속에 카드보드를 넣고 꿰맨 투박한 것이라서 가방 자체가 무겁고 양복 한 벌과 내의 몇 가지 넣으면 꽉 들어찼다. 그 두 개의 가방을 양손으로 들었으니 다니기가 무척 힘들고 불편했다.

우리가 짐 때문에 쩔쩔매는 것을 보고 빨간 테두리 모자를 쓴 흑인 포터 두 명이 와서 "Can I help you?"(도와줄까요?) 하고 말을 걸어왔다. 자기들 딴에는 좋은 뜻으로 말한 것 같았다. 그러나 무슨 말인지 잘 알아듣지 못하고 이 사람을 언제 봤다고 내 짐을 맡기냐는 의심에, 맡겼다가 도망이라도 치면 송두리째 빼앗기는 형국이 될까봐 모두 "No, No"를 연발하며 기차에 올랐다. 지금 생각해보면 어처구니없는 촌극이었다. 전란으로 인한 빈곤 때문에 남을 의심하던 습관이 남아 순간적으로 그 흑인 여객 안내원을 믿지 못한 것이다. 참으로 부끄러운 일이었고, 지금 생각해보면 격세지감이 느껴진다.

기차는 캘리포니아 주 오클랜드 시를 떠나 동쪽으로 대륙횡단을 시작했다. 기차 안에서 불편한 것은 한두 가지가 아니었다. 화장실은 그럭저럭 사용할 줄 알았으나 세면하는 것이라든지 기차 창문을 열 수 없어 꿀 먹은 벙어리처럼 참고 견디어야만 했다. 그러나 기차 창밖으로 펼쳐지는 광경은 황막한 사막도 있고 초원에서 여유 있게 방목하는 소와 말, 농촌 집을 지날 때 아낙네가 집 안 마당에 빨래를 너는 모습, 아이들의 공치기 등 넉넉하고 여유로워 보였고, 그런 전원 풍경이 나에게는 사뭇 인상적이었다.

기차는 네바다, 뉴멕시코 북단을 거쳐 유타 주로 접어들었다. 서부활극에서 보듯이 황토 산봉우리가 보이며 풀 하나 없는 넓고 넓은 평야가 펼쳐졌고, 유타 주 솔트레이크 철교를 지날 때 보았던 바다 같은 호수의 풍경은 지금 회고해보아도 감회가 새롭다.

만 사흘 만에 콜로라도 주 덴버 시에 도착했다. 켄터키 대학으로 가는 임춘생(후일 문교부 문예국장, 뉴질랜드 대사를 지냈고 지금은 고인이 됨), 이병희(세인트루이스 시에 있는 워싱턴 대학에서 석사를 받고 후일 일본에서 박사학위를 딴 원자력 박사, 이 사람 역시 지금은 고인이 됨), 그리고 미시건으로 가는 의사 두 사람과 작별 인사를 나눈 후 나는 덴버 역에서 하차했다.

: 볼더 시에 정착

버스를 타고 30분 정도 이동해 콜로라도 대학The University of Colorado이 있는 볼더 시에 도착했다. 총영사가 일러준 대로 외국인 학생 담당고문관 헌들리Hundley 씨의 친절한 안내를 받아 그날 밤은 임시 숙소에서 지냈고, 다음 날 하숙집이 정해졌다. 그리고 그 지역 지방에서 온 학생들을 위한 식당에서 하루 식사를 제공해주었다.

첫날 아침, 식단에 적혀 있는 여러 가지 음식과 음료수를 가져다주었다. 그런데 컵에 부어주는 우유가 너무나 차서 놀랐다. 특히 미국 학생들이 찬 우유에 콘프레이크와 건포도를 넣어 먹는 것을 보고 무척 놀랐다. 6·25 이후 서울을 비롯한 대도시에는 다방이 많았다. 다방에서 우유를 주문하면 따뜻하게 데워 잣 한두 개를 띄워주었다.

그런 관습과 정반대로 찬 우유에 곡물을 튀긴 것을 넣어 먹으니 놀랍게 보일 수밖에….

긴 여행으로 9월 학기 등록이 3일이나 늦어졌으나, 헌들리 씨가 전기공학과로 데리고 가 학과장님에게 소개시켜주었고, 1954년도 1학기 등록을 마쳤다. 한 학기 세 과목을 수강하게 되었고, 그때부터 그야말로 공부와 사투를 벌이게 되었다.

| 4장 |

대학 캠퍼스 생활

: 눈에 비친 대학 풍경

그 당시 볼더 시는 인구가 약 6~7만 명 정도의 대학촌인 소도시였다. 콜로라도 대학 캠퍼스는 대학 건물 전체가 볼더 자연석Boulder Stone으로 건립되어 있다. 복숭아꽃 같은 짙은 보라색 볼더 석조 건물들로 이루어져 있어 아름다운 대학 캠퍼스 풍광을 이루고 있다. 콜로라도 대학은 학생 수가 약 2만 명 정도여서 방학 때가 되면 볼더 시는 대학생이 없는 공동화현상 같은 철시撤市 상태가 된다.

웅장하게 솟아오른 로키산맥 밑 분지에 위치한 볼더 시는 사철 아름답고 여유로운 쾌적한 대학촌이다. 콜로라도 대학은 미국 50개 주의 큰 주립대학 중에서도 등록금이 가장 비쌀뿐더러 타주에서 온 학생들이 많기로 유명하다. 타주 학생들은 등록금을 더 내야 하기 때문에 재정적으로 여유 있는 가정에서 온 학생들이 많다. 등록금이 비싸다보니 장학금 혜택을 받는 일부 미국인 또는 외국인 학생(주로 대학원생)을 제외한 기타 학부 학생들은 부모의 원조와 자신의 힘으로 학비를 조달해야 하는 형편이라서 자연 부유층의 학생들이 많다.

그런데 무슨 이유인지 그 유명한 미국 상무성 표준국National Institute of Standards and Technology이 위치하고 있고, 미국 대학 중 유일하게 콜로라도 대학에는 그 규모가 웅장한 천문대가 있었다. 약 10년 후인 1967년에 미국 IEEE 통신부분 국제학술대회가 5일간 콜로라도 대학에서 개최되었다. 그때 논문 발표차 모교를 방문한 바 있었는데 덴버 시에서 볼더 시로 연결되는 Boulder Turnpike(유료 도로) 양쪽에 각종 소프트웨어를 개발하는 기업체와 연구소 등이 즐비하게 들어서 있었다. 볼더 시도 인구가 늘고 고층 건물들이 올라 있어 격세지감의 감회를 느꼈다.

당시에는 도시의 규모도 작고 인근에 기업체나 상가 또는 큰 식당 등이 많지 않아서, 학생들이 아르바이트로 학비의 일부를 벌어가며 공부하기엔 힘든 형편이었다. 따라서 여름방학이 시작되자마자 3개월 동안 다음 학기 등록금을 벌기 위해 다른 도시로 이동하는 학생들이 많았다. 나의 경우 한미재단 장학금으로 생활비와 등록금 및 책값까지 지원을 받으니 감사할 따름이었으며, 여름방학에도 전기공학과 연구실에 남아 공부하게 되니 행운아라고 생각된다.

그런데 기이한 현상은 여름방학이 되면 타주 학생들이 몰려와 여름강좌Summer School에 등록해서 밀렸던 공부도 하고, 주말에는 로키산맥을 등산하며 승마, 콜로라도 강에서의 리프트 타기, 루스벨트 국립공원에서의 데이트 등 멋진 여름방학을 누린다는 점이었다. 또 한편으로는 이 대학에서 수강한 과목의 학점을 자기가 다니는 대학에서 그대로 인정받을 수 있는 Credit Transfer가 가능해서 콜로라도 대학 캠퍼스는 여름강좌에 등록한 학생들로 늘 성시를 이루곤 했다.

나의 미국 유학 시절은 약 56년 전 일이어서 지금 생각해보면 별로 이상한 일도 아니지만, 당시 내가 보기에는 기이하고 도저히 이해할 수 없는 일들이 많았다. 대도시 대학과 달리 콜로라도 대학 캠퍼스는 넓어서 건물과 건물 사이에는 어디든 잔디밭이 펼쳐져 있었다. 봄, 여름이 되면 남녀 학생들이 쌍을 지어 잔디밭에 앉아 책도 읽고 다정하게 대화도 나누는 광경을 목격할 수 있었는데, 특히 놀라웠던 것은 남학생이 여학생의 허벅지를 베개 삼아 누워 있는 모습이었다. 그 당시 한국 학생의 눈으로 볼 때는 상상도 못할 일로 이해가 안 되는 충격적인 장면이었다.

또 여름이 되면 기숙사 앞 잔디밭에서 벌거벗고 일광욕을 즐기는 여학생들이 많아서 신기하게 느껴졌다. 금요일 저녁부터 일요일 새벽까지의 주말 동안 미국 학생들은 대부분 철저하게 휴식을 취하는 것 같았다. 대학 캠퍼스를 벗어나 Broadway 건너편에 '후랫트 아이안'이라는 제법 큰 홀을 갖춘 생맥줏집이 있었다. 많은 학생들이 맥주도 마시고 10여 명씩 짝을 지어 춤출 수 있는 휴식 공간으로 유명한 곳이다. 늦은 밤에 맥줏집에서 놀다 나오는 남학생들은 거의 다 여학생의 어깨에 손을 얹고 여학생의 소로리티Sorority 하우스까지 데려다준다. 문 앞에서 헤어질 때 껴안고 키스하는 것은 보통이었다. 허나 미국 온 지 얼마 되지 않은 내 눈에는 별천지에 온 것 같은 충격으로 느껴졌다.

부유층 학생들은 남자는 프레터니티Fraternity 하우스, 여자는 소로리티Sorority 하우스에서 동호인끼리 한 집 전체를 빌려 학년 차별 없이 요리사를 고용해 집단 거주하는 단체 합숙소에서 생활했다. 회원이 되려면 많은 돈이 들기 때문에 일반 학생들은 그런 집에서 회원으로 생활하기가 어려웠을 것이다.

일요일 오전에는 예배를 보러 교회에 가고 오후부터는 교수님들이 내준 과제물을 하느라 바빠진다. 모든 것을 잊고 먹고 마시고 춤추고 등산하며 깨끗이 두뇌를 재충전한다. 그런고로 자연히 학업 능률이 오르기 마련이다. 미국 학생들은 남이 푼 과제물의 해답을 베껴서 제출하는 행위를 결코 하지 않는다.

학생회관

대학 학생회관Student Union은 4층 건물인데 주로 학생들의 휴식 공간으로 이용된다. 건물 안에는 영화관, 간이식당Snack Bar, 볼링장, 학생동호회 사무실 등이 있었는데, 특히 2층 대회장에서는 매년 한두 차례 정장正裝한 군복 차림의 육해공군 ROTC 학생들이 화려하게 드레스로 단장한 여학생들과 쌍쌍이 춤을 추곤 했다. 미국 학생들의 대학 생활에서의 여유를 보는 것 같아 부럽기도 하고 멋있게 보였다. 그런 생활과는 정반대로 오직 학업과 연구에 몰두하며 피나는 유학 생활을 하는 것이 대학원 학생이라는 것을 느끼기도 했다.

그런데 한 가지 나의 실수로 봉변을 당한 일이 있었다. 나는 학생회관 안으로 들어가고 수명의 여학생들은 나오려는 순간 한 여학생이

문을 열기에 무심코 내가 먼저 안으로 들어갔더니 "Thank you" 하면서 매우 기분 나쁜 눈초리로 나를 쳐다보는 게 아닌가. 나는 무심코 한 행동이지만 여학생들은 무슨 남자가 이런 무례한 행동을 하나 하고 매우 기분이 상했을 것이고, 그제야 나의 행동이 잘못됐다는 것을 알았지만 미안하다는 말 한마디도 못한 것이 지워지지 않는 기억이다. 지금은 구십을 바라보는 노인으로 삼성 노블카운티에서 살고 있는데, 엘리베이터를 타고 내릴 때 한 번도 예외 없이 여성에게는 반드시 양보하는 습관이 몸에 배었다.

기억에서 지워지지 않는 것이 또 하나 있다. 학생회관 영화관에서 상영되는 영화 중에 한국동란 중 남루한 의복에 어린 자식들을 앞세우고 남부여대男負女戴 대열을 지어 걸어가는 비참한 피란민 행렬을 보았을 때, 우리나라가 겪었던 현실에 가슴 아픈 충격을 느꼈다. 물론 전쟁이 끝나고 파괴된 한국 국토, 비참한 피란민 대열을 미국 사람에게 소개함으로써 미국이 우리의 우방으로서 파괴된 한국의 실상을 알리고 후원해주려는 의도에는 감사한 마음을 느꼈지만, 한편 서글프고 부끄러운 마음이 들었던 것도 사실이다. 파괴된 국토가 언제 다시 복구되어 국가 재건이 이루어지고 그러한 영상물이 대중 앞에서 사라지는 날이 오려나 하는 애절한 마음을 가져볼 따름이었다. 나는 오직 열심히 공부하여 박사학위를 받아 대학원을 졸업해야겠다고 굳게 다짐했다.

연구실 친구들

나는 대학원을 졸업하고 시간강사로 근무하던 Kindig와 전기공학과의 한 연구실을 같이 쓰게 되었다. Kindig는 West Point 미 육군사관학교 출신으로 콜로라도 대학에서 석사학위MSEE를 받은 후 스탠포드 대학에서 박사학위Ph.D.를 취득한 엘리트 청년이었다. 그는 테니스도 잘 치는 근면 성실한 인사였는데, 콜로라도 대학 교수로 재직하다 정년퇴임했다. 매년 여름방학이 오면 3개월간 예비역 군복무를 자청하고 육군 대령까지 승진한 모범 군인이기도 하다.

내가 콜로라도 캠퍼스를 떠난 후 세 번 모교를 방문한 적이 있었다. 그때마다 Kindig 교수와 만나 그의 집에 머물면서 옛 이야기를 나누곤 했다. 나는 Kindig 교수를 한국으로 초청할 수 있는 위치와

유학 시절 주로 공부하던 연구실 앞 복도.

기회가 있었음에도 그를 초청하지 못했던 내 소극적인 성격을 탓할 뿐이다.

내가 다니던 전기공학과에는 모두 네 명의 한국 학생이 재학하고 있었다. 대학원 학생은 나 혼자뿐이고 나머지 세 명은 학부 학생들인데, 오세종, 이상빈 그리고 한 명의 여학생(이름은 생각이 안 남)이었다. 오세종 박사는 대학 졸업 후 콜로라도 대학에서 박사학위를 마치고 뉴욕시립대 교수로 있다가 정년퇴임하고 얼마 되지 않아 타계해 매우 애석했다. 그리고 이상빈 박사는 대학 졸업 후 미시건 대학에서 박사학위를 받고 벨 연구소에서 줄곧 근무하며 이사직까지 승진한 또 한 명의 우수한 과학자였다. 그리고 여학생은 대학 졸업 후 뉴저지 주 어느 회사에 근무하다가 현지에서 결혼하고 잘 살고 있다는 소문만 들었을 뿐이다.

콜로라도 주에는 콜로라도 대학을 중심으로 콜로라도 광산대학, 덴버 대학, 콜로라도 주립대학 등에 한국 학생이 많았다. 특히 덴버 시는 큰 국제공항을 갖춘 미 서부 지역의 대도시인데, 모 종교재단이 설립한 덴버 대학이 있다. 그 대학에 한국 학생이 많은 까닭은 미국 전역의 대학에서 공부하는 한국 학생이 폐결핵에 걸려 덴버 병원으로 이송, 무료로 치료를 받으면서 덴버 대학으로 많은 학생들이 전·입학했기 때문이다.

내가 대학원 다닐 때 2, 3회 정도 한국 유학생들이 모여 '볼더 캐니언'이라 불리는 맑은 물이 흐르는 계곡에서 철엽을 했던 일도 있다. 내가 제일 연장자다보니 통솔하게 되고, 나이 어린 학생들이 드럼통에 국과 찌개를 끓이고 불고기 같은 순 한국식으로 음식을 마련해 즐거운 야유회를 가진 적이 있다. 아쉽게도 지금은 그때 모인 학생들의 이름이나 얼굴이 잘 기억나지 않는다.

: 대학원 수강

나는 1954년도 1학기 등록에 3과목을 수강 신청했다. 회로망 합성Network Synthesis, 변환응용수학Operational Mathematics, 그리고 동기기 해석Synchronous Machine Analysis 강의였다. 과목 내용을 살펴보니 회로망 합성은 처음 수강하는 과목이지만 해볼 만하고, 응용수학은 Laplace 변환과 그 응용 분야이기 때문에 수학에는 소질이 있어 수강하기로 했고, 끝으로 동기기 해석은 학부 시절에 대강 그 내용을 공부했기 때문에 신청했다.

그런데 내 예측이 조금 빗나간 것 같았다. 회로망 합성은 Worcester 교수님이 강의를 담당하고 있었다. 그분은 MIT 공대와 쌍벽을 이루는 캘리포니아 공대Cal Tech에서 석사학위를, 스탠포드 대학에서 박사학위를 취득한 유명한 분이다. 강의 수준이 높고 과제가 많아 따라가는 데 힘이 들었다.

변환응용수학은 Britton 교수님이 담당하고 있었는데 두뇌가 명석한 분이었고, 내 일생에 그분의 강의처럼 명강의를 들어본 일이 거의 없었던 것 같은 생각이 든다. 그의 명강의에 매료되어 전자공학에서는 별 쓰지 않는 텐서 해석학Tensor Analysis을 한 학기 청강까지 했다. 그런데 Britton 교수님은 과제를 많이 내주기도 했으며 또한 Short Quizes(15분간의 간단한 시험)를 자주 보기 때문에 자연 많은 시간을 할애해야 했다.

동기기 해석 강의는 Palmer 교수님이 담당했다. 근본적으로 새로운 각도로 이론적 분석을 위주로 강의하시어, 일반 책에서 저술하듯 동기기 원리, 구조 및 이용법 등은 일절 하지 않고 논문집에서 최근에 발표한 것들만 뽑아 강의를 했기 때문에 나는 많은 감명을 받았다. 그 당시 교수님은 연세가 높아 지금은 고인이 되셨으리라 생각하며 그동안 연락도 못 드린 것이 후회스럽기 짝이 없다. 그런데 그 당시만 해도 전력공학은 사양길이었고, 대부분의 대학원생은 전자, 통신, 제어, 컴퓨터 쪽으로 전공을 택했던지라 Palmer 교수님의 동기기학 같은 전력공학 쪽은 수강생이 불과 4~5명 정도였다.

나도 2학기부터 전력공학보다 전자공학 쪽으로 방향을 바꿔 1956년 6월 졸업식에서 석사학위MSEE를 받았다. 석사학위 지도 교수님은 Carl Johnk 교수님이었는데, 이분은 오로지 연구와 논문 발표밖에 모르는 전형적인 학자였다. 나는 그분에게 전자파 이론Field and Wave과 전자회로Electronic Circuits를 수강했는데, 재래식(진공관식) 회로 이론에서 집적회로식 회로망 쪽으로 넘어가는 과정을 강의하셨다. 1956년에 Bell Labs 학자 세 명이 반도체 발명으로 노벨상을 수상한 지 얼마 되지 않았기 때문에, Johnk 교수님은 앞으로의 전자회로는 반도체 집적IC 회로 쪽으로 변환해가는 과정이라고 역설했었다. Johnk 교수님은 John Wiley 출판사에서 전자파 이론 전문 서적을 출간한 학구파였다. 교수님의 자택은 덴버 시에 있었다. 따라서 덴버-볼더 시를 왕복 출퇴근하는 형편인데, 주말과 일요일에도 꼭 연구실에 나와 연구하는 공부밖에 모르는 분이었다. 자연히 나도 그분의 면학 정신을 이어받은 듯하다. 나는 대학원에서 만난 교수님들의 강의 내용 노트를 아직까지 간직하고 있다.

석사학위를 받던 날. 우측에 서 있는 사람이 함께 유학 생활하며 동고동락한 현병구 박사.

기로에 선 박사학위 선택

열심히 학업을 이어가던 어느 날, 나는 당황스러운 소식을 들었다. 한미재단 측에서 내가 석사학위를 취득했으니 장학금을 중단한다는 것이다. 재단 측의 설명인즉 석사학위는 Basic Unit of Education이라고 규정되어 있으므로, 귀국을 하거나 박사학위를 계속하려면 다른 방법으로 학비를 조달하라는 것이다. 나는 즉시 Palmer 교수님, Johnk 교수님과 상의하고 박사학위를 위해 공부를 계속하고 싶다고 진언했다. 사실 나는 아르바이트를 해가면서 고학으로 박사학위를 취득한다는 것은 내 체력상 불가능하다는 것을 잘 알고 있었다.

Palmer 교수님이 대학 당국에 나를 추천해준 것으로 기억하는데, 다행히 좀처럼 따기 힘든 대학 수여 장학금University Scholarship

을 받게 되었다. 한편 Worcester 교수님은 그 당시 대학 공학 연구소 소장직을 겸임하고 있었다. 그는 항공기 탑재용 변압기 전선을 동선 대신 경량의 알루미늄 호일Aluminum Foil로 대체해야 한다면서 다액의 연구비를 지원받았고, 나도 그 프로젝트에 참여하며 그 덕분에 학비 일부를 보태게 되어 무난히 박사학위를 취득할 수 있게 된 것이다.

나의 박사학위 지도 교수는 계속 Johnk 박사였다. 학위 논문은 〈The Frequency Dependent Skin Effect of Aluminum Foil〉이었다. 한 가지 적어두고 싶은 것이 있는데, 박사학위를 취득하려면 2개의 외국어 시험에 합격해야 했다. 독일어, 프랑스어, 러시아어, 스페인어 중에서 두 개 언어를 선택해 시험을 보는 것이었다. 나는 독일어와 프랑스어를 선택했다. 독일어는 대학 예과 때 호되게 훈련을 받은 덕분에 단번에 통과했지만, 프랑스어는 두 번이나 낙제 점수를 받았고, 세 번째에 간신히 합격한 쓰라린 경험이 있다. 매 여름 학기에 프랑스어 강의를 들었지만 6개월마다 보는 시험에 두 번이나 실패했던 것이 지금도 잊히지 않는다.

: Hay Fever 풍토병

여기에서 내가 후학들에게 유학 시절에 겪었던 이야기를 한 토막 소개하고자 한다. 지금의 유학 형편은 어떤지 몰라도, 56년 전 유학 시절에 나는 무모한 사고방식과 그릇된 생각을 가졌던 것 같다. 앞에서도 말했듯이 미국 학생들은 주말이면 내일을 위해 책을 덮고 두뇌의 휴식을 충분히 취하며 충전한다. 나는 '너희들이 놀고 있는 이 시간에 나는 한 시간이라도 아껴 공부하겠다'는 좁은 사고방식으로 일주일 내내 연구실에 틀어박혀 책만 들여다보았다.

하지만 그것은 잘못된 생각이었다. 사람의 두뇌도 내일의 맑은 정신을 위해 휴식이 필요한 것이다. 매일 십여 시간씩 일주일 내내 책과 씨름을 한다고 해도 포화상태가 된 두뇌로는 절대 능률을 올릴

수가 없다. 다 잊어버리고 운동을 하고 충분한 휴식을 2~3일 취한다면 확실히 두뇌 회전이 잘되고 맑은 정신을 가지게 되어 면학 진도가 빨라진다는 것을 이제는 경험으로 깨닫게 된 것이다. 또 한 가지 나의 어리석은 생각으로 깨닫지 못한 것이 있다. 체질상 나는 양종洋種이 아니고 토종土種인지라 양식으로 세 끼를 먹는다는 것은 내 입맛에 그리 맞지 않았다. 장학금으로 공부했기 때문에 세 끼 식사는 얼마든지 영양가 있는 고급 음식을 먹을 수가 있었다. 하지만 나는 건강에 대한 지식 없이 철저한 편식가였다.

물론 양식이 싫다기보다는 타국에서 김치찌개 같은 우리 토종 음식이 개운하고 비위가 가라앉는다는 생각을 지워버릴 수가 없었다. 쉴 틈 없이 공부에 신경을 써야 하고 운동도 하지 않고, 게다가 편식까지 하니 건강이 나빠져 Hay Fever라는 무서운 알레르기성 질환에 걸리게 되었다.

Hay Fever라는 풍토병에 한 번 걸리면 그 병은 일생 동안 따라다닌다고 봐도 과언이 아니다. 이 병의 치료법은 자기가 살고 있는 고장을 떠나 해변가나 습기가 많은 지방으로 이사를 가야 한다는 것이다. 공기 중에 꽃가루 같은 미세한 부유물이 호흡기 장애를 일으켜 재채기와 눈물 콧물을 유발하는데, 체온을 항상 따뜻하게 유지해야 하고 여러 과일을 먹고 편안한 마음으로 휴식을 취하며 과격한 운동은 피하는 것이 알레르기 질환 치료에 효과적일 것이다. 하지만 사람이 이 세상에서 살아가는 일이 어디 내 마음대로 되는가? 유학 2년 후 석사학위를 마친 이후부터 이런 질병의 증후가 나타나 계속 나를 괴롭혔다. 그렇다고 도중에 학업을 중단할 수도 없고 지금 돌이켜보면 어지간히 인내심이 강했던 것 같다.

이런 경험에 비추어 후학들에게 조언하건대 어떤 일로 유학을 떠나든 적절한 공부와 휴식을 병행하되 어느 쪽에도 치우침이 없어야 한다. 더불어 힘들더라도 현지 음식에 적응해 먹는 문제를 해결해야 보다 쉽고 편하게 유학 생활을 할 수 있다. 문화적인 적응과 기본적인 체력이 뒷받침이 되어야 이국에서의 삶을 영위할 수 있는 것이다. 지금이야 유학이 일상적인 일이 되어 나의 충고가 새삼 필요 없을지 모르겠다. 나 역시 유학 선배들이 있었다면 좋았겠지만 당시에 그런 것을 기대할 수는 없었다.

하숙 생활

나는 공부하는 동안 세 번 이사를 했다. 첫 번째 정착한 곳은 캠퍼스에서 약 15분 정도 떨어진 잠만 자는 하숙집이었다. 그리고 하루 세 끼 밥 먹는 곳은 대학 바로 근처에 있었다. 밤늦도록 공부하고 늦게 잠자리에 들어 아침에 늦게 일어나다보니 아침식사를 놓치는 경우가 많았다.

그런데 우연히 Buckovich라는 병원관리학을 공부하는 학부 학생을 알게 되었다. 그 학생이 말하기를 CO-OP House라는 곳이 있는데 자기는 그 집에서 먹고 자는 것이 마음에 든다며 나를 그곳으로 안내해주고 자기 방을 보여주었다. 몇 개월 후 그 친구가 룸메이트가 이사를 가서 혼자 쓰는데 같이 지낼 수 있겠냐고 물어왔다. 그 집은 대학 근처 5분 거리에 위치한 곳이고, 지하 1층, 지상 3층의 건물에서 여러 학생들이 공동으로 거주하면서 자취 생활하는 곳이다. 취사반, 설거지반, 청소반 그리고 식료품 조달반 등으로 분담하여 학비 절감을 원하는 학생들의 공동 기숙사였다.

그런데 막상 입주해보니 조금 실망스러웠다. 첫째는 한 방에 두 사람씩 쓰며 여러 학생이 같이 살다보니 시끄럽고, 나는 미국 음식을 만들 솜씨가 없다보니 자연 청소와 설거지를 맡게 되었는데, 이런 것들이 공부에 상당히 지장을 주었다. 장학금으로 충분한 돈도 있었는데 왜 이 고생을 하나 싶어 이번 학기가 끝나는 대로 집을 옮겨야겠다는 생각을 하게 됐다.

대학원 학업에 지장이 크니 이사해야겠다고 Buckovich에게 상의를 했다. 그가 말하기를 자신의 여자친구 Cathy가 자기 어머니하고 이 근처에 하숙집을 하고 있으니 알아봐주겠다고 했다. 한 학기가 지난 6개월 후 나는 Cathy 여학생의 집으로 이사를 했다. 그 하숙집은 모녀 둘이서 사는 집인데, 집주인인 Mrs. Cole은 미 해군 소령의 미망인으로 외동딸 Cathy와 함께 살고 있었다. 2층집인데 아래층은 모녀가 살고 2층은 방이 세 개라 각 방마다 학생 한 명씩 살고 있었다. Cathy가 2층 방들의 청소와 침대 이불을 갈아주는 일을 맡고 있었다.

이 하숙집은 조용해서 마음에 들었다. 식사는 대학교 직원 식당에서 해결했다. 주 메뉴는 포크찹, 햄버거 스테이크, 스모크드햄, 프라이드 치킨, 피쉬 앤드 칩, 러부스타텔 같은 다양한 메뉴라서 내가 먹고 싶은 음식을 선택할 수 있고 또 수프 종류도 다양해 프렌치 어니언, 베지터블, 클램차우더, 브로콜리, 머쉬룸 등 선택해서 먹을 수 있어 매우 좋았다.

또 간단히 먹고 싶으면 학생회관 스낵바에서 핫도그나 치즈버거와 프렌치 프라이 같은 것을 7up이나 코카콜라 등과 같이 저렴한 가격으로 먹을 수 있어 즐거웠다. 종전처럼 먹든 안 먹든 하루 세 끼 식대를 지불해야 하는 유학생 상대 전문 음식점보다 값도 싸고 여러 가지가 편리해지면서 생활이 익숙해지고 경제적으로도 생활하는 데 자신감이 생겼다.

새우젓과 오징어 소동

그래도 우리나라 토속 음식이 생각 날 때가 많았다. 덴버 시에는 일본 식품점이 두 곳 있었다. 주말이면 가끔 가서 단무지, 일본 김조림, 그리고 새우젓 등을 사곤 했다. 특히 '시오아미'는 일본에서 수입한 새우젓으로 조그마한 유리병에 넣어서 팔았는데 우리나라 새우젓의 크기보다 매우 작은 새우젓갈이었다. 속이 느글거릴 때마다 조금씩 입에 넣으면 비위가 가라앉는 특효약 같은 역할을 했다.

아내와 나는 매주 한두 번씩 편지를 주고받았다. 아내는 내 식성을 아는지라 껍질 벗긴 북어포와 오징어 등을 우편으로 보내주곤 했다. 그런데 하숙집 방에는 냉장고가 없었다. 그래서 나는 창문 안

쪽에 작은 못을 박고 그 못에 끈을 동여맨 다음, 새우젓 병과 오징어 등을 넣은 브라운 백(노란 봉지)을 끈에 묶어 유리창 밖으로 내놓았다. 한국 음식이 생각날 때마다 창문 밖에 매달린 브라운 백을 끌어올려 새우젓을 조금씩 입에 넣으면 그렇게 마음이 상쾌해질 수가 없었다. 밤늦게 연구실에서 돌아오면 또 창밖 브라운 백을 끌어올려 오징어를 껌 씹듯 입안에 넣어 우물거리면 그렇게도 맛이 좋을 수가 없었다.

그런데 어느 날 저녁 9시쯤 조금 일찍 연구실에서 돌아오니 Cole 여사가 좀 보자는 것이다. 우리 두 사람은 아래층 소파에 앉아 담화를 시작했다. 그런데 Mrs. Cole이 심각한 얼굴로 화두를 꺼내면서 'Are you all right in your stomach?', 즉 위장에 별탈이 없느냐고 묻는 것이었다. 나는 다짜고짜 무슨 이런 질문을 하는가 싶었다. 무슨 뜻인지 모르지만 내 위장에는 아무 이상이 없다고 했다.

Cole 여사 말인즉 Cathy가 학생 방을 청소하다 창문 밖으로 이상한 봉지가 매달려 있어서 끌어올려보니 내용물에서 지독한 냄새가 난다는 것이다. 나는 직감적으로 오징어 냄새일 것이라고 생각했다. Cole 여사는 또 그 조그마한 유리병 안에 들어 있는 것이 무엇이냐고 물었다. 그게 썩은 생선Tiny Rotten Fish 아니냐고 물었다. 그런 썩은 조그마한 새우를 먹으면 위험해 생명에 지장이 있다는 것이다. 나는 웃으며 나 자신은 오히려 그것을 먹지 않으면 생명에 지장이 있을 것 같다며 농담했다. 한국과 미국의 문화 차이, 특히 먹는 문화가 다르다보니 이런 오해가 생기는 것은 당연한 일이라고 본다. 이런 작은 에피소드들이 있었지만 나는 그 하숙집에서 박사학위 취득을 하는 1958년 6월까지 잘 지냈다.

호형호제呼兄呼弟

나는 유학 시절 현병구 박사를 만났다. 현 박사는 볼더에서 얼마 멀지 않은 골든 시에 있는 유명한 콜로라도 광산대학Colorado School of Mines에서 지구물리공학(일명 물리탐광학)을 전공하는 대학원생이었다. 서울 공대 광산공학과 출신이라 나와 선후배 관계가 된다. 우리 두 사람은 곧 친해져 거의 주말마다 만나 타향살이 외로움과 공부에 시달리는 이야기들을 주고받곤 했다. 현 박사는 인자한 인품의 소유자이며 훌륭한 집안 출신이다. 내가 알기에는 현 박사의 선친께서는 국회의원을 지낸 분이셨다.

우리가 흔히 알고 있는 상식으로는 광산공학이란 석탄을 포함한 각종 금속 광맥을 찾아내 채광 제련하는 기술을 연구하는 학문이

박사 과정에 있던 어느 날. 맨 우측이 현병구 박사.

다. 그러나 현 박사는 벌써 전자파 이론을 바탕으로 한 물리탐사 신기술을 연구하고 있었다. 지진 관측 연구에 Seismic Wave를 이용한다든지, 또 수중 잠수함 같은 물체를 탐색하는 데 Sonar 수중 음파탐지 기술에 의존해야 하듯이, 석유 자원의 발견을 위한 새로운 탄성파 탐사 기술은 디지털을 이용한 자료처리 과정을 거치는 파동 분석에 연구의 초점을 두어야 한다는 것이다.

나의 전공이 전자공학이라 전자파 이론Field and Wave은 꼭 이수해야 하는 과목이다. 그런데 현 박사가 맥스웰 파동방정식 같은 전자전공 학문을 공부하고 있었다는 사실에 나는 매우 놀랐다. 그 분야 연구에 문제가 있으면 나와 해법을 상의한 적도 있었다. 주말에 만나 이런저런 이야기를 나누다 출출하면 Broadway 거리 한 모퉁이에 있는 Starlight라는 조그마한 식당에 가서 캠벨수프 치킨누들을 시켜 Tabasco 핫소스를 쳐서 먹던 기억도 있다.

나는 1958년 학위를 마치고 시애틀로 이사했고, 현 박사도 내가 떠나고 1, 2년 후 공학 박사학위를 취득해 텍사스 주에 있는 Texas Instruments 회사에 입사하면서 콜로라도를 떠났다. 그 후 현 박사는 서울 공대 광산공학과 조교수로 부임했고 정년퇴임할 때까지 많은 후학을 양성하며 교수 생활을 마쳤다. 현 박사의 공적 가운데 하나는 탄성파 탐사 신기술을 이용해 휴전선 북쪽의 제2호 땅굴을 발견한 것이다. 우리 두 사람은 현재 대한민국 학술원 자연 3분과 회원으로 다시 만났으니 참으로 행복한 인연이라 하겠다.

대학 축구 리그전 :

매년 9월 초부터 11월 하순까지 미국 전역에서 대학 미식 축구Football 리그전이 치러지면서 온 세상이 떠들썩해진다. 관습적으로 금요일은 고등학교 축구, 토요일은 대학 축구, 그리고 일요일이면 프로리그 대항전이 치러진다. 큰 대학 컨퍼러스 축구는 중서부 지역의 Illinois, Michigan, Minnesota, Northwestern, Purdue, Wisconsin, Indiana, Iowa, Ohio State, Michigan State가 속해 있는 소위 Big 10 축구 컨퍼런스가 있고, 또 다른 중서부 지역에는 Kansas, Missouri, Nebraska, Iowa State, Kansas State, Oklahoma, Oklahoma State, Colorado가 속한 Big 8 축구 컨퍼런스가 있다. Big 10에는 후일 Penn State, Nebraska가 가담했고, Big 8에는 후일 Baylor, Texas, Texas A&M, Texas Tech

가 가남해서 또한 개편되었다. 태평양 연안 지역에서는 California(UC Berkeley), Washington, Oregon, Oregon State, Washington State, Stanford, USC, UCLA 등으로 구성된 Pacific Conference가 있고, 또 Clemson, Duke, Maryland, North Carolina, North Carolina State, South Carolina, Wake Forest, Virginia 등 8개 대학 간의 Atlantic Coast Conference가 있다. 후일 Virginia Tech도 이 컨퍼런스에 가담했다. 또 남동부Southeastern 축구 컨퍼런스는 Alabama, Auburn, Florida, Georgia, Kentucky, LSU, Mississippi, Mississippi State, Tennessee, Vanderbilt 등의 대학이 참여하고 있다.

각 컨퍼런스에서 우승한 팀이 Rose볼, Orange볼에서 맞붙게 된다. Rose볼은 Big 10의 승자와 Pacific Conference의 승자가 캘리포니아 주 패서디나에서 맞붙는 경기이다. Orange볼은 주로 Big 8의 승자와 남동부 컨퍼런스 승자가 플로리다 주 마이애미에서 맞붙는 것이다. 나의 대학원 시절 Big 10에서 Rose볼에 자주 나가던 대학은 Wisconsin, Michigan State, Ohio State, lowa 등이었고, Big 8에서 Orange볼에 나가는 팀은 Oklahoma, Colorado, Nebraska 등이었다. 그리고 Pacific Conference에서는 USC, UCLA, Oregon, Oregon State, California 등이 강자였다. Southeastern Conference에서는 Georgia, Alabama 등이 강자였다. 축구 시즌이

오면 대학 캠퍼스는 매 주말 그야말로 축제 분위기로 떠들썩하다. 나도 축구를 좋아하다보니 주말이 오기를 기다리게 되고 경기 관전을 즐겨했다.

그리고 11월 말부터 다음 해 3월 초까지 대학 농구 시즌이 온다. 농구는 축구와 달라 큰 대학보다 작은 고추가 맵다고 작은 대학의 강팀이 많다. 이중 기억에 남는 것은 추수감사절 때 학생동호그룹이 몇 달을 두고 만든 가지각색 작품들을 카퍼레이드 행렬에서 과시하는 것이다.

축구와 카퍼레이드는 미국 학생들이 즐길 수 있는 축제의 절정인 것 같다. 따지고 보면 미국 대학생들은 공부도 열심히 하지만, 학업 외 활동에 적극 참여하는 것을 보고 참 멋있는 학생 시절을 보내는구나 하는 생각이 들었다. 물론 이런 행사들이 미국 모든 대학에서 같은 방법으로 펼쳐지는 것인지 모르겠으나, 복잡한 대도시의 대학과 여유 있는 대학촌 지방 대학의 학생 생활에는 차이가 있으리라 본다. 나는 다만 내가 다니던 콜로라도 대학 학생들의 활동 생활 일부분만을 소개할 다름이지 전 미국 대학의 학생 생활이 일률적으로 똑같다는 것은 아니다.

호스트 패밀리Host Family

당시 외국 학생이 등록하면 외국 학생 고문관은 Host Family를 맺어준다. 나는 Mr. Brown 부부네 집을 배정받았다. Host Family란 특별한 게 아니고 직장에서 은퇴한 초로의 부부들이 외국 학생을 소개받아 추수감사절이나 크리스마스 때 만찬에 초대하거나 교회에 데리고 가는 정도의 인간 관계를 맺어주는 것으로, 금전상의 도움을 준다는 것은 아니다. 미국인들의 친분을 돈독히 하는 일종의 사교장 같은 분위기도 있다.

특히 교회 참여는 종교적인 의미와 더불어 종교인들끼리 예배도 보고 서로 도우며 가정을 방문해서 식사도 함께하고 담화를 나누는 일반적인 친교 관습인 것 같았다. 외국 학생을 교회처럼 사람들이 모이는 곳에 데리고 가 여러 사람에게 소개시키고 자기는 이런 훌륭한 복지 차원의 일을 한다는 것을 알리고 싶은 마음도 있는 것 같다는 인상을 받았다.

: Redberry 따기

어느 날 외국 학생 고문관 헌들리 씨가 나를 보자고 해서 갔더니 "Mr. Rhee 공부하는 데 고생이 많지"라고 말하며, 자기 집 안마당에 열려 있는 Redberry(칠면조 요리에 쓰는 빨간 열매)가 너무 익어 따야겠는데 다음 주말에 자기 집에 와서 좀 도와줄 수 없겠느냐고 물어왔다. 나는 공부할 시간이 없긴 하지만 좋다고 했다. 그 집에 가보니 매실나무가 네 그루나 있는데 빨갛게 무르익어 오늘 안 따면 다 버리게 될 상태였다. 우리 두 사람은 사다리를 놓고 따기 시작했다. 한 나무를 모두 따고 보니 큰 박스로 수북했다. 두 나무를 다 따다보니 어깨가 뻐근해졌다.

오전 작업을 마치고 샌드위치와 코카콜라로 점심을 먹고 나서 나머지 두 나무에 달려들어 다 따고 나니 오후 4시경이었다. 전신이

쑤시고 특히 어깨가 아팠다. 간단한 작업인 줄 알았는데 그게 아니었다. 하숙집으로 돌아와 침대에 누우니 온몸이 욱씬거리고 열이 나며 특히 Hay fever 때문에 더욱 고역을 치른 기억이 지금도 생생하다.

헌들리 씨의 부인도 일하는지 집에 없고 Redberry 열매를 딸 형편이 못 되는 것 같았다. 아마 자식이 없는지 혹은 타향에 사는지 집이 텅 빈 것을 보니, Redberry를 딸 사람이 없어 나에게 부탁한 것 같았다. 하여간 나와 헌들리 씨가 단둘이 그날 했던 일은 지금도 기억에 남아 있다.

로키산맥 라바호 봉 등정

내가 속한 전기공학과에 Pearson이라는 노총각 교수가 있었다. 그 교수는 노르웨이에서 미국으로 이민 온 이민 2세이다. Pearson 교수는 등산을 좋아해서 로키산맥의 고봉 중 하나인 '라바호 그레시아'로 등반을 간다기에 나도 따라갔다.

한두 시간쯤 자동차로 달려서 라바호 봉 초입에 차를 세우고 등반을 시작했다. 올라갈수록 폭포수가 여기저기에서 떨어지는데 참 장관이었다. 그 폭포 위로 올라가보니 조그마한 호수가 있고 더 올라가면 다른 폭포수가 내리치는데 그 폭포를 지나 올라가면 또 작은 호수가 있었다. 이런 폭포를 네다섯 개 지나 오르다보니 주위 경치가 절경이었다. 등반하는 산등성이는 흑갈색 모래흙이고, 바람에 시달린 작은 소나무들은 한쪽으로 40도가량 누워 있었고, 쓰러진 안쪽에만 파란 잎이 매달려 있었다. 그 주위에 이름 모를 노랑 분홍 산꽃들이 납작 깔려 있는 모양이 참 운치 있어 보였다.

한 다섯 시간쯤 올라가니 정상이 보였다. 정상에 올라 내려다보니 웅장하고 탁 트인 전망은 그야말로 글로 표현할 수 없는 광경이었다. 그리고 내려다보이는 여러 폭포와 그 위의 호수들은 어디에서 물이 생기는지 감탄을 자아낼 따름이었다. 또 정상 바로 밑에 '라바호 그레시아'라는 녹색 비취 색깔을 띠는 만년 결빙의 얼음 호수가 있는데 말로 표현할 수 없는 신비의 광채를 뽐내고 있었다.

산 정상에는 한 200평가량 되는 광장이 있는데, 그 한구석에 조그마한 돌담 지반 위에 누런 원통 파이프가 우뚝 서 있었다. 그 옆쪽에 뚜껑을 돌려 뺄 수 있는 둥근 나사가 붙은 조그마한 파이프가 박혀 있었다. 그 뚜껑을 돌려보니 그 안에 두루마리가 된 노트 한 권이 들어 있었다. 꺼내서 보니 이 '라바호 봉' 정상에 오른 사람은 정복 기념 서명을 그 노트에 써 넣으라는 것이다. 나는 그 노트에 '대한민국 유학생 이만영'이라고 한글로 쓰고 날짜를 부기해 다시 통에 집어넣고 나사를 돌려 뚜껑을 닫았다. Pearson 교수 덕분에 로키산맥 한 봉우리를 정복했다는 쾌거에 대한 감회와 환희는 지금도 잊지 못하고 있다.

: 작곡가 안익태 선생

콜로라도 대학 화학과에 교포 2세인 박달조 교수가 있었다. 그분은 DuPont 회사와 공동으로 '다구론'이라는 화학섬유천을 발명한 유명한 학자이며, 후일 귀국해서 한국과학원 원장도 역임하셨다. 한국 유학생 중에 박 교수의 연구실에서 지도를 받고 석·박사학위를 받은 학생이 여러 명 있는 것으로 알고 있다.

당시 박달조 교수가 두세 명의 한국 학생을 자기 집 만찬에 초청했다. 나도 그중 한 사람이었다. 저녁에 가보니 뜻밖에도 우리나라 애국가를 작곡한 안익태 선생이 계셨다.

박 교수는 안익태 선생이 미국 정부의 초청을 받고 미국 전역 대학 순방 중에 콜로라도 대학을 방문하게 되었다고 소개해주었다. 안

선생은 체구가 작은 편이었으며 스페인을 거점으로 유럽 각국을 돌며 교향악단 지휘를 한 이야기라든지, 몸은 비록 외국에서 살지만 마음은 항상 고국에 있다면서 여러분 유학생도 열심히 공부해서 고국을 위해 보국하는 마음을 항상 잊지 말아달라는 말을 했다.

만찬 석상에서는 주로 박 교수와 안 선생이 외국에서 겪었던 여러 가지 고생담을 들려주었다. 특히 박 교수는 하와이에서 태어나 하와이 대학 졸업 후 Ohio State에서 박사학위를 받고 대학과 산업체를 드나들면서 고생한 경험담을 들려주었다.

대학 초빙 강연 집회

대학 대강당에서는 방학을 뺀 9개월 동안 종종 유명 인사들을 초빙해서 강연 집회Convocation를 열곤 했다. 1956년 겨울에 우리나라 주미대사 양유찬 박사가 콜로라도 대학에 와서 강연을 한 일이 있었다.

대학 당국 직원과 내가 Denver Stapleton 국제공항에 가서 양 대사를 영접하고 또 전송하는 역할을 했다. 그분이 대사관으로 돌아간 후 나에게 고맙다는 인사와 자기 카메라로 찍은 사진 한 장을 보내왔는데, 그 사진 하단에 양 대사 자신의 서명이 적혀 있었다. 양 대사는 한국 학생들이 이역만리 타국에서 고생하며 공부하는 모습을 보고 안쓰럽게 생각한 것 같다. 양유찬 대사는 의학박사였고, 고 이승만 대통령 옆에서 독립운동을 도운 분으로 알고 있다.

지금 회고해보니 양유찬 대사는 인자한 분으로 보였고 샌프란시스코 주요한 총영사는 대쪽 같은 성품의 소유자처럼 보였다.

주 총영사는 자기 관할 서부 일대를 매년 순시하는데 덴버 시를 방문했을 때 내가 그분을 영접했고, 수년 전 한미재단이 주선한 화물선을 타고 북태평양을 건너왔을 때 주 영사님을 뵌 적이 있다고 하니 파안대소를 한 일이 생각난다.

나는 Convocation 강연에는 대부분 불참했는데, 고 루스벨트 대통령의 영부인 에레나 루스벨트 여사의 강연에는 참석해서 경청했던 기억이 난다. 너무 오래된 이야기라 무슨 연설을 했는지 지금 와서 자세히 기억이 나지 않으나, 에레나 여사는 정치, 외교 부문에 탁월한 견식을 가진 분으로 정평이 나 있어 미국이 직면한 외교 문제에 관한 연설을 하지 않았을까 싶다. 그분의 손자, 손녀 2명이 콜로라도 대학 출신이라는 이야기도 들은 바 있고, 또 이 지역 볼더 근처에 루스벨트 국립공원도 있다.

대학 직업알선센터

미국 대학에서는 매년 10월 말부터 다음 해 3월 초까지 약 5개월간 여러 종류의 회사, 생산 기업체, 국영 또는 사설 연구소 및 정부산하 육해공군 연구기관 등에서 인사 담당관들이 대학을 방문해서 졸업 예정자인 대학 4학년생과 대학원 학생을 대상으로 신규 채용 스카우트 전쟁을 벌인다.

면접하는 담당자가 방문하기 전에 자신들의 기업체를 소개하는 내용의 전단을 각 해당 학과 및 직업알선센터로 보내오면 게시판에 수백 수천의 선전물이 붙게 된다. 따라서 졸업 예정자는 본인이 원하는 회사를 선택해서 그 회사 스카우트 사원이 오는 날 면접을 한다. 면접 장소는 체육관 농구장인데, 수백 개의 칸막이로 공간이 나뉘어 있다. 파견 나온 면접 사원은 자기네 회사 소개와 모집 분야를 상세히 설명하고 학생들은 전공을 살릴 수 있는 희망사항과 대우 등을 개진하며 면접을 하는 것이다.

면접이 끝나고 약 2주 후에는 반드시 채용 여부를 통보해준다. 내용은 대개 봉급, 채용 후 배치 부서, 주당 근무 시간, 부임 이사 비용과 인센티브 등 대우에 관한 것이다. 그리고 본사 견학을 위한 왕복 항공료 및 호텔 예약 등을 상세히 알려준다. 우수한 학생들은 여러 회사와 면접을 하고 채용 결정이 되면 자기가 가고 싶은 회사나 연구소를 이미 하나는 마음에 두고 무료로 여행하는 기분으로 여러 곳을 방문해보는 경우를 많이 보았다.

물론 그 당시는 미국 경제가 좋아 학생들의 취직 문제가 그리 걱정 없는 시대였다. 그런데 외국인 학생의 경우에는 사정이 다르다. 게시판의 채용 안내문에는 'Does not apply to noncitizens(외국인 학생은 채용 면접 사절함)'라는 조건이 붙는다. 채용불가 의사를 밝히는 회사가 거의 90% 이상이며, 시민권이 없는 외국인 학생에게 취업의 문은 무척 좁았다.

외국 학생 취직 사정을 잘 알고 있는 Palmer 교수님은 나를 LA에 있는 Southern California Edison Company(남가주 전력회사)에 추천해서 채용 결정 편지를 받은 상태였다. 그러나 나는 이미 시애틀 시에 있는 유명한 보잉 항공사를 마음에 두고 있었다. 보잉 항공사는

Transport Aircraft Division(민간 여객기 생산부)과 Pilotless Aircraft Division(유도무기 생산부)으로 구분되어 있었고, 유도무기 생산부는 로켓 발사체 및 유도무기를 개발하는 부서라서 외국인은 절대 채용하지 않았다.

그러나 민간 여객기 생산부는 비시민이라도 충분한 자격만 갖추면 채용이 가능했다. 이러한 이유로 보잉에 지원할 수 있었고, 나는 여객기 생산 부서로 취업하는 데 성공했다. 이 부서는 보잉 707 여객기와 KC-135 공중 급유 비행기를 주로 생산하는 세계적인 여객기 제작 공장이다.

그런데 Palmer 교수님이 나를 위해 애써준 덕분에 남가주 전력회사에 인터뷰 없이 채용 결정을 받아놓았는데, 난데없이 보잉으로 가겠다니 서로가 난처한 입장이 된 셈이었다. 나는 Palmer 교수님에게 전력공학보다 전자공학 분야에서 학위를 땄으니 앞으로 보잉이 유망할 수 있음을 잘 말씀드렸다. 교수님은 그 후 내 입장을 알 것 같으니 보잉으로 가라고 허락해주었다.

내 일생 그때처럼 스승에 대한 도리와 의리를 배반한 것 같은 마음을 가져본 적이 없다. 더욱이 마음의 부담을 느낀 것은 교수님이 애써 마련해준 직장인데 교수님은 전력회사에 어떻게 미안하다는 말씀을 하셨을까 하는 생각 때문이었다. 그 후 나의 박사학위 지도 교수였던 Johnk 박사님께도 보고하니 교수님도 내 기분을 이해해주며 보잉에 가면 열심히 근무하라고 격려해주셨다. 학생 시절에 겪었던 이런저런 일들을 추억으로 남기고 1958년 6월 나는 정든 볼더 생활을 청산하고 부임지인 시애틀 시로 이동하게 되었다.

5장

보잉 사 근무

보잉 업무

시애틀 시는 4년 전 한미재단이 마련해준 화물선을 타고 첫 번째로 입항한 바로 그 항구 도시이다. 내가 이 도시로 다시 돌아와 살게 되다니 참 사람 일은 모르는 일이라는 생각이 들었다. 어쨌든 시애틀 시 생활은 출발이 나쁘지 않았다. 일단 시애틀의 기후가 나의 체질에 적합했다. 겨울에도 눈보다 비가 오는 날이 많았고, 비가 내리면 공기 중 부유물들이 가라앉고 습도가 높아져 풍토병 치유에 많은 도움이 되었다. 볼더 시는 산수가 수려하고 공기가 맑고 기후가 건조해서 일반 사람들은 살기 좋은 곳이라고 말하지만, 나의 경우에는 정반대였다. 그 증거로 볼더에서 얻은 풍토병이 시애틀로 이주한 후에는 현저하게 호전된 것을 들 수 있다. 시애틀은 바닷가에 위치하며 비가 잦은 곳이라 내게는 이상적인 도시였다.

나는 보잉에 근무하기 전에 우선 거주할 아파트를 구해야 했다. 시애틀 중심지를 피하고 일본과 중국 사람들이 사는 지역에 근접한 곳을 택했다. 그 이유는 나의 체질이 토종인지라 일본과 중국 음식점이 있고 또 동양 식품을 구할 수 있는 식품 가게가 있는 곳이 선택의 제일 조건이었기 때문이다.

시애틀 시는 도처에 작고 큰 호수들이 많다. 내가 근무할 곳은 시애틀 외곽 도시 렌턴에 위치한 보잉의 여객기 생산부Transport Aircraft Division였다. 렌턴의 여객기 생산부는 7, 8만여 명의 직원이 근무하는 세계에서 가장 큰 생산 공장이다. 기술자, 과학자, 생산 공원, 그리고 관리직 직원들이 같은 구역 내에서 근무하기 때문에 자기 차로 혼자서 출퇴근하는 것을 엄격히 통제했다. 동승조car pool를 짜서 3, 4명이 동승해야만 구내에 들어갈 수 있었다. 조금 늦게 가면 주차장이 꽉 차서 먼 곳에 주차해야 했다.

나의 근무처는 TD연구부서Transport Division Research Unit였다. 비행기 제작 시험 과정에서 발생하는 문제점들을 검토, 연구, 해결하는 부서이다. 연구 인력은 약 50명 정도에 2, 3명씩 조를 짜서 연구하는 시스템이고 대부분 박사와 석사학위 소지자로 구성되어 있었다. 나는 보잉 707 기체 내에서 열 전달이 심한 부분의 열 분포 연구와 KC-135 공중 주유기 탱크 내의 스파크 불꽃 현상을 규명 분석하는 일을 주로 했다. 열 전달 문제는 제작 과정에서 야기된 여러 가지 초기 조건들을 설정하고 열 전달 방정식을 변환대수법으로 풀어나가는 연구였다.

콜로라도 대학 Britton 교수님이 강의한 변환응용대수 해법이 큰 도움이 되었다. 또한 KC-135 탱크 내의 스파크 불꽃 현상을 규명하는 연구도 실시했다. 암실에서 연료를 90% 채운 탱크에 진동을 가했을 때 스파크가 심하게 발생하는 현상을 해결하는 것이 과제였다. 따라서 공중 급유시 만일의 화재를 미연에 방지하기 위한 해법을 규명하라는 것이다.

이 문제 해결은 이론적으로 풀기에는 그리 쉬운 일이 아니다. 무작위하게 발생하는 스파크 현상은 물리학적 관점에서 볼 때 미소입자들의 브라운 운동현상 같기도 하고 또한 수학적으로 관찰할 때 무작위하게 발생하는 노이즈 현상 같아서 확률 통계 개념으로 접근해야 한다는 것이다. 우선 스파크 현상이 '확률적으로 어떠한 확률과정Random Process으로 접근해야 하느냐?'를 파악해야 했고, '샘플과정간의 상호 또는 자기상관Autocorrelation 관계를 구하고 어떤 과정의 파워 스펙트럼Power Spectrum이 가장 강한가?' 등을 규명해야 했다.

그리운 마음 :

보잉에 취직한 한국인은 내가 처음이며 5개월 뒤인 1958년 10월에 전계상 박사가 입사했다. 전 박사는 경성제대 기계공학과 출신으로 나보다 5년 선배가 된다. 전 박사는 1947년 초에 유학 온 최초의 한국인이고, 시애틀 소재 워싱턴 대학에서 기계공학으로 석사학위를 받은 후 시카고에 있는 일리노이 공대IIT에서 박사학위를 마치고 보잉에 입사했다. 나는 미국에 온 지 4년 반이었지만, 전 박사는 12년째 미국에서 홀아비가 아닌 홀아비 생활을 하고 있었다. 가끔 저녁때 중국집에서 같이 식사하면서 신세타령을 늘어놓기도 했다.

우리 둘은 공부하느라 고생고생하며 세월 가는 줄도 모르고 지냈지만, 처자들은 이제 학위도 마쳤으니 귀국하리라 정말 눈이 빠지게 기다렸을 것이다. 우리로서는 우리가 귀국하기보다는 한국에서 처자를 너무 고생시켰으니 아예 그들을 여기로 데려오고 싶은 생각이었고 그 마음이 간절했다. 하지만 그 당시의 한국 정부가 가족에게 여권을 발급해준다는 생각은 절대 할 수 없는 상황이었다. 전 박사의 제안은 우리 둘이 합심해서 세계인권위원회에 제소하자는 것이었다. 나는 그런 일은 벌려봤자 응해줄 정부도 아니고 공연히 평지풍파만 일으키게 되니 그만두자고 했지만 전 박사는 단호했다. 내 아들은 아직 소학교도 안 들어갔지만 자신의 아들은 벌써 중학교 1학년이라며 반평생을 홀로 살아왔으니 너무나 억울하다는 것이다. 자기가 알아서 할 터이니 나는 그저 따라오기만 하면 된다고 했다.

나는 하는 수 없이 선배를 따라 그 당시 워싱턴 주 출신 미 상원의원 Scoop Jackson 사무실을 방문했다. Jackson 의원은 미 의회 회의 참석차 워싱턴에 머물고 있어 부재중이라 사무장에게 우리의 입장 전후 사정을 상세히 설명했다. 사무장은 Jackson 의원에게 우리의 진정을 보고하게 되고 우리는 그저 기다리는 입장이었다. 그 당시 Jackson 의원은 상원 군사위원회 중진이라 이승만 대통령도 어느 정도 이해하리라 예측하고 기다리는 입장이었다. 그 후 몇 달 만에 Jackson 의원으로부터 통지가 왔다.

자기가 이승만 대통령에게 직접 보낸 편지의 복사본을 첨부하며 한국 정부의 회답이 너무나 완강하니 어찌해야 좋을지 모르겠다는 것이다. 나의 예상대로 심각한 문제로 부상하고 말았다. 그 후 워싱턴 주재 우리 대사관의 양유찬 대사가 우리에게 편지를 보내왔다. 국가가 유학까지 보내 최고의 학위를 받았으면 귀국해서 전장으로 폐허가 된 국토 건설에 앞장서야 할 고급 인력이 가족까지 미국에 데려와 편안한 생활을 하겠다니 한심한 사람들이라고 질타하는 내용이었으며, 이론적으로도 변명의 여지가 없었다. 나는 이 일이 이렇게 되리라고 예상은 했었으나 사건이 너무나 엉뚱한 방향으로 나가고 보니 난감한 처지에 놓이게 되었다. 그러나 전 박사는 서로 떨어져 살아온 14년이라는 반평생의 긴 세월이 억울하다는 것이었다.

사실 미국 사회에서는 긴 세월을 가족과 생이별하고 산다는 것은 상상도 못할 일이다. 전쟁으로 인해 국익과 국토방위를 위해 전쟁터로 나가 사랑하는 처자식과 생이별하는 것은 이해가 가나, 우리의 경우처럼 가족이 떨어져서 산다는 것은 서양 사람들에게는 상상도 할 수 없는 일이다. 이런 상황에서 나는 이 땅에 남아 홀로 사느냐 아니면 귀국하느냐의 기로에 서게 되었다. 그러나 전 박사는 국가가 유학시켰다는 말에는 불쾌감을 느끼는 것 같았다. 사실 나는 한미재단 덕분에 편안하게 공부를 마칠 수 있었지만, 전 박사의 경우는 맨몸으로 건너와 아르바이트를 해가며 고학으로 학위를 땄는데 국가가 유학을 시켜주었나는 말에는 섭섭하게 생각하는 것 같았다. 나도 엄격히 따지면 정부 돈으로 공부한 것이 아니고 한미재단 장학금으로 유학 온 것이니 전 박사 주장에 어느 정도 공감이 갔다. 그러나 당장 해결점은 찾을 수 없었고 그리움은 그저 가슴속에 담아둘 수밖에 없었다.

고사리 군락과 대합 :

1년 뒤인 1959년에 일리노이 대학에서 석사학위를 받은 홍용식 박사가 보잉으로 와서 보잉 가족은 세 명으로 늘어났다. 홍용식 박사는 보잉에서 근무하면서 워싱턴 대학원에서 공학박사를 취득하고 인하대학교 명예교수로 은퇴했다니 지금은 70대 후반의 노신사일 것이다.

우리 세 사람은 자연 어울리게 되고 내가 먼저 귀국하고 그 후 홍용식 박사가 귀국했으나, 전계상 박사는 끝내 귀국하지 않고 지금도 시애틀에서 살고 있는 것으로 알고 있다. 훗날 1964년 가을에 내가 버지니아 공대 교수로 부임하는 길에 시애틀을 방문했을 때 전 박사님 댁에서 이틀 밤을 자고 떠났으나, 그 후 연락이 안 되고 있어 안부가 궁금하다.

또 그 당시 시애틀에는 이창희 선생 가족이 살고 있었다. 이창희 선생은 연희전문학교를 졸업하고 목사가 될 생각으로 제2차 세계대전 발발 직전에 하와이로 유학 와서 신학 공부를 시작했으나 여의치 않아 대학에서 전공을 바꾸어 화학 공부를 마치고 보잉에 직장을 얻어 살고 있었다.

1945년 해방 후 이창희 선생은 서재필 박사를 따라 귀국했던 중에 진명여고 교사였던 분과 결혼해서 딸 하나를 두고 독실한 기독교 교인으로 시애틀에서 행복한 생활을 하고 있었다. 이창희 선생 부부는 정초에 우리 세 사람을 만찬에 초대해서 즐거운 한때를 보내곤 했다. 그런데 가끔 보면 저녁 식탁에 고사리나물이 올라와 있었다. 렌턴에는 고사리가 지천인지라 꺾어다가 말린 것을 삶아서 나물로 무쳐 식탁에 내놓았던 것인데, 우리는 외국에서 고사리나물을 먹어보는 것이 신기해 잘 먹었던 기억이 난다.

시애틀에서 랜턴으로 가자면 워싱턴 레이크Washington Lake라는 큰 호수를 건너야 한다. 그 호수 위의 가교는 교각이 없다. 호수 양단에 거대한 기둥은 있으나 그 중간 호수 위에는 교각이 없다. 호수 수압으로 버티는 부교浮橋이다. 매일 출근시 부교를 건너 렌턴으로 향하는데, 초여름이 되면 도로 양쪽에 고사리가 지천이다. 아마 고사리를 전부 꺾어 모으면 1백여 가마 이상이 될 것이다. 미국 사람은 고사리나물을 먹지 않기 때문에 그 번식력은 대단해서 수십 마일에 걸쳐 머리 숙인 고사리 밭이 장관이다. 그 당시에는 한국 이민이 없었던 시절인지라, 내 생각으로는 아마 이민을 집단으로 왔었다면 고사리는 깡그리 없어졌을 것이다.

또 시애틀은 해변 도시라 해산물이 풍부하다. 조개, 가리비, 대하, 바다가재, 굴 같은 해물만을 주로 파는 식당도 여러 곳 있다. 또 워싱턴 대학교의 수산 대학이 유명하다. 시애틀 해변에는 '휴짓 사운드'라는 백사장이 있는데 아침 일찍 해뜨기 전에 그곳에 가면 대합을 잡을 수 있다고 한다. 점심시간 때 한 보잉 동료 직원의 말로는 조개 캐는 시즌이 오면 주말마다 많은 사람들이 그 백사장에서 거짓말을 좀 보태자면 갓난아기 머리만 한 크기의 대합을 잡는다고 한다.

해가 뜨기 전에 그곳으로 가서 해가 뜨자마자 잘 살펴보면 백사장 위에 새 눈깔만 한 구멍들이 도처에 있다. 조개를 캐려면 뾰족하게 생긴 조그마한 삽이 필요한데, 그 삽으로 구멍을 단김에 빨리 캐면 조개를 잡을 수 있는 것이다. 조개를 잡으려면 팔 힘이 강해야 한다. 부삽으로 번개같이 캐야지 느린 동작으로 삽질을 하면 조개는 순식간에 모래 속으로 깊숙이 숨어버린다. 그 친구가 조개 잡으러 가겠느냐 묻기에 나는 그런 힘도 없고 부삽과 담을 그릇을 준비할 의향도 없어 못 가겠다고 했다.

시애틀 수산 대학에서 공부하는 김모 한국 학생이 있었는데, 원양어선을 타고 실습을 나가면 여러 종류의 생선들을 잡아왔다. 그중 오징어나 동태 같은 것은 미국 사람이 먹지 않아 바다로 돌려보냈다고 한다. 유학 중에 결혼을 한 김군은 그것들을 집으로 가지고 와 먹는 것 같았는데 나도 한번 얻어먹어본 적이 있다. 그는 수산 대학을 졸업하고 귀국 후 노루표 페인트회사에 다닌다는 것을 우연히 서울 거리에서 만나 들은 적이 있으나, 지금은 소식이 묘연하다.

송이버섯과 농산물 직판장

시애틀 근교 큰 산에는 버섯의 왕이라 불리는 송이버섯이 지천이었다. 송이버섯은 주로 일본 사람들이 좋아하는 버섯이다. 여름에 버섯 따는 시기가 오면 주로 일본 주민들이 많이 와서 따갔다고 했다. 나도 가끔 일본 식당에 가서 송이버섯 덮밥을 먹었던 기억이 난다.

나중에 들은 이야기이지만 시애틀 시 근처 산에 송이버섯이 많이 난다고 해서 어떤 일본 재벌이 산 전체를 매입하고 철책으로 울타리를 쳐서 그 후 일반 사람들의 입산을 금지시켰다고 했다. 시애틀은 1년 중 우기가 길어 고사리나 송이버섯 같은 식물이 많이 자라는 곳이다.

시애틀 시내 중심가에서 경사진 해변가로 내려가면 바닷가를 따라 길게 뻗은 농산물 직판장Farmer's Market이 있다. 그곳은 농민들이 직접 재배한 농작물과 육류들을 싸게 파는 공판장이다. 물건이 싱싱하고 싸다보니 사람들로 늘 붐비곤 했다. 홍당무, 양파, 시금치, 무, 양배추, 우엉 등 각종 야채와 여러 종류의 생선과 해산물, 소, 닭, 돼지고기 같은 육류를 저렴한 가격으로 살 수 있었다. 특히 소꼬리, 곱창(소 내장), 소뼈 같은 미국인들이 별로 먹지 않는 부위를 싼 값에 팔고 있었다. 한국 학생들은 이곳 Farmer's Market에 가서 소꼬리, 내장 같은 것을 싸게 사다가 곰탕으로 끓여 먹곤 했는데, 그러다보니 눈치챈 상인들이 값을 올려 파는 경우가 많았다.

귀국 결심

시애틀은 나의 건강에도 좋고 근무 환경도 좋았지만, 나는 결국 귀국하기로 결심했다. 사실 내가 귀국을 결심하게 된 이유 중 하나는 박사학위도 있고 연봉도 높은 고급 기술자라 미국 여성과 재혼하는 것 아니냐는 풍문 때문이었다. 이런 엉뚱한 소문이 귀국 결심을 부추기기도 했다. 이상의 사연으로 1959년 12월 말 보잉 회사에 사직서를 제출하고 동시에 한미재단에 귀국 사실을 통보한 후 귀국 준비에 들어갔다.

한미재단에서는 나의 왕복여비를 대준다는 협약이 있기 때문에 내가 원하는 날에 샌프란시스코에서 선편으로 귀국하라고 했다. 그 후 바로 나는 12월 25일에 샌프란시스코 항구에서 배에 올랐다. 이번에 탄 배는 미군 수송선이긴 하지만 6년 전 유학을 떠날 때 탔던 화물선과는 전혀 다른 호화로운 수송선이었다. 승선하니 많은 미군 장병들이 타고 있었다. 귀국길의 선실 생활은 유학 올 때의 화물선과는 아주 딴판이었다. 배 갑판에는 영화 상영시설도 구비되어 있고 식생활도 고급스러운 편이여서 유쾌한 항해 여행이 되었다.

도중에 일본 도쿄에서 1박 2일의 하선 허가를 주어, 나는 항해 도중 선내에서 알게 된 미 해군 상사와 같이 도쿄타워 등 시내 관광을 했다. 다시 배로 돌아와 하룻밤을 보내고 다음 날인 1960년 1월 10일 인천항에 도착해 꿈에 그리던 조국 땅을 밟고 아내와 큰아들과 만나게 되었다.

| 6장 |

유학 후 귀국

: 고국의 인천항으로

1960년 1월 10일 내가 탔던 귀국선이 드디어 인천항에 도착했다. 부둣가에는 아내와 아들 그리고 큰형님 내외분이 나와 나를 맞아주었다. 큰형님은 1910년생이시라 나이가 나와 15년 차이가 난다. 내가 막내다보니 형님 내외분은 내게 부모님 같은 분들이다. 형님은 경성제국대학 재학 중에 그 당시 경기여고 졸업반인 큰형수님을 알게 되어 연애 끝에 결혼하셨다. 형수님은 평산신씨平山申氏이고 도량이 크고 어려운 일이 있어도 결코 얼굴에 나타내지 않는 분이다. 부모님이 돌아가시고 형님 집에서 대학까지 공부를 했는데, 그 당시 풍조로서는 당연히 동생들은 큰아들 몫이라고 여겼지만, 지금 생각해보면 두 분은 얼마나 마음의 부담이 되셨을까 싶기도 하다.

그뿐만 아니라 장남인지라 좋고 궂은 집안일이 전부 형님 내외분의 몫이었으니, 이 나이가 되어보니 형님의 마음을 조금은 알 것 같다. 지금은 두 분 다 고인이 되어 경기도 광주군 오포면 능골 선산에 안장되어 있다. 조상 성묘 때면 나는 형님 내외분의 묘소를 먼저 성묘한다. 그것이 힘든 시절 동생을 챙겨주신 데 대한 고마움을 조금이나마 갚는 길이었다.

옛 직장 복직

귀국해서 짐을 찾고 살 집을 구하느라 바쁘게 지내다보니, 사나흘이 지난 후에야 나의 유학 전 직장이었던 조선전업에 출근해서 이홍직 사장께 귀국 인사를 드렸다. 사장은 나를 반기며 "이 박사는 미국에서 전력공학도 아닌 어려운 전자공학 박사 제1호인데 두뇌를 전력회사에서 썩히지 말고, 배운 신학문을 발전시키기 위해서라도 강의와 연구를 할 수 있는 대학교수 쪽으로 알아보는 것도 좋지 않겠느냐"고 먼저 말했다. 그리고 당분간 이재숙 부장실에 책상을 들여놓고 근무하면서 생각해보라는 것이었다. 지금 생각해보니 이홍직 사장은 참으로 배려와 도량이 큰 분이셨다.

미국 유학으로 떠날 때 회사에 휴직서를 제출했었다. 실은 사직서를 냈더니 미국 유학이 하늘에 별 따기라며 회사로서도 영광이니

휴직서를 내고 공부 마치고 돌아오면 복직하라는 것이었다. 또 회사에서는 내 월급에서 모든 수당을 뺀 본봉의 반을 남은 가족에게 지급하며 신당동에 있는 장진료라는 회사 직원 숙소에 거주해도 좋다고 고마운 배려까지 해주었다.

본봉의 반이라는 금액은 그 당시 쌀 두 말도 살 수 없는 금액이지만, 내가 없는 동안 처자가 그만큼 혜택을 받았으니 회사의 후의에 감사할 따름이었다. 다행히 처가가 신당동에 있어서 아내와 아이가 물심양면으로 많은 도움을 받았던 것도 사실이다.

4·19 혁명

1960년 1월 10일 귀국한 지 불과 4개월이 지나 뒤에 4·19 혁명이 일어났다. 돈암동 내 집에서 을지로 입구 회사로 출퇴근할 때 대학생과 일부 시민이 가담한 시위대가 트럭을 타고 거리를 휘젓고 달리는 바람에 위험한 고비를 한두 번 겪기도 했다.

어느 날 퇴근길에 일반 교통편이 끊기는 바람에 살벌한 거리를 피해 골목길을 통해 집으로 걸어가야 했다. 하루는 종로4가 횡단보도 한복판에 이르렀을 때 갑자기 총질이 시작되었는데 총알에 맞아 죽을 뻔한 아찔한 순간이 있었다. 사격에 격분한 시위대가 광화문 네거리에 집합해서 효자동으로 행진하며 대통령 관저가 있는 경무대(지금의 청와대)로 몰려드는 긴박한 형국이었다. 그때 상황은 귀국한

지 얼마 안 되어 일어난 사건들이라서 국내 정세에 어두웠던 나로서는 상세히 알 도리가 없었다.

그러나 귀동냥으로 듣고 또 도하都下 주요 일간지의 보도 내용을 취합해보면, 4·19 혁명의 원인은 자유당 내의 소수 지배 체제에 대한 민심의 이탈과 이기붕이 주도한, 이범석이 이끄는 민족청년당 계열 숙청, 1956년 선거에서 이기붕의 낙선 고배, 1957년 3월 이기붕의 장남 이강석이 이승만 대통령의 양자로 입적, 그리고 1960년 2월 15일 민주당 대통령 후보 조병옥 박사 급서 등등 일련의 사건들로 인한 정계의 혼탁이라고 본다.

그 당시 미국은 보수양당 체제의 확립을 은근히 바랐다. 이기붕이 이끄는 자유당 온건파와 조병옥이 이끄는 민주당 구파를 묶어 여당으로 만들고 민주당 신파를 야당으로 만드는 것이 이승만 이후의 가장 바람직한 정치 체제라고 판단한 것 같다. 그런데 민주당 구파와 자유당 온건파는 내각제 개헌을 정강 정책으로 채택하려 했으나 자유당 강경파의 반발로 무산되고 말았다. 1960년 2월 15일 민주당 대통령 후보 조병옥 박사의 급서로 제4대 정·부통령 선거도 4년 전과 마찬가지로 반쪽선거가 되고 말았다. 자유당 강경파는 당 조직은 물론 경찰과 공무원을 동원한 부정선거를 자행함으로써 파멸을 자초한 셈이 됐다.

이러한 일련의 정계 혼탁이 직간접적으로 원인이 되었지만 특히 4·19 혁명은 자유당 부정선거가 결정적인 원인이 되었다. 4·19 혁명으로 1960년 4월 26일 이승만 대통령이 하야하며 자유당 정권이 무너지고, 1960년 4월 28일 아침 경무대 본관 36호 관사에서 만송 이기붕 일가의 비참한 종말, 그 후 선거 책임자 최인규 내무장관 사형 등 정국이 급변하는 가운데 허정 과도 정부수반이 임시로 국정을 이끌게 됐다. 그러던 중 1960년 7월 민·참 양원 국회의원 선거에서 민주당이 압승하며 민주당 정권이 수립되었으나, 장면, 윤보선의 신구 양파로 갈라져 싸우는 정쟁으로 집권 9개월 만에 5·16이 일어나 박정희 최고회의 의장 영도하에 민주공화당 정부가 집권하는 등 혼미한 정국이 계속되었다.

선택한 대학 교단

귀국 후 수개월 조선전업에 근무하면서 나는 대학교수 쪽으로 마음을 굳혔다. 그 당시 가장 먼저 면담을 청한 사람이 동아일보 권오기 기자였다. 후일 권 기자는 동아일보 사장까지 역임했다. 그분 덕분에 나의 유학 경력과 박사학위 논문 내용 등이 신문에 상세히 소개되어 일약 유명해지고 몇 개 대학에서 교섭이 왔다.

그중에서도 한양대 김연준 총장이 사람을 보내 만나자고 청해 왔다. 내 기억으로는 남산 밑 국제 그릴에서 만났는데, 점심을 같이하면서 그분이 건학 정신과 목표를 들려주었다. 그분은 공학으로 인재를 양성해서 국가에 공헌하겠다는 포부를 피력하시며, 현재 연세대학교와 고려대학교도 공과대학이 없고 서울 공대 외에는 한양 공대

뿐이라며 이 박사 같은 분이 우리 대학에 부임해서 공학 부문의 고급 인재를 육성해달라 하셨다. 나는 그분의 제안에 감명을 받고 감사를 표하며 헤어졌다. 그 후 10여 일 지난 후 김연준 총장이 우리 내외를 신당동 저택의 만찬에 초대해 극진한 대접을 받았다. 그런 연유로 나는 1960년 3월부로 한양대학교 공과대학 정교수로 발령을 받고 교단에 서게 되었다.

그 후 김연준 총장은 나에 대해 지극한 신임과 배려를 보여주었고, 나는 내 나름대로 충실한 강의로 학생들을 가르쳤다. 사람이란 자신을 알아주는 사람에게 은혜를 갚는다는 속담은 틀린 말도 아닌 것 같다. 총장은 나의 월급을 서울 공대 교수보다 2.5배나 더 지급해 주었다. 그 당시 한양대학교 정문 바로 앞 건물 2층에 전기공학과 교수실이 있었으며, 각 과 교수들은 건물 2층 전기공학과의 한 교수실을 사용하고 있었다. 나에게는 그 옆 작은 방을 꾸며주는 파격적인 대우를 보여주었다.

한양 공대는 전기, 기계, 건축, 토목, 광산, 화공, 섬유, 원자력 및 공업경영 등 9개 학과로 구성되어 있었다. 몇 달 후 총장이 나를 불러 "대학이 제대로 되려면 대학원 교육이 중요하다"며 한양대학교 대학원장 전풍진 박사를 보좌해서 대학원 교학과장을 맡아달라고 했다. 거절할 수 없어 본관 2층 대학원 건물로 이사하게 되었다. 부임하자마자 우선 대학원 강좌 내용부터 면밀히 검토했다. 대학원 강의

한양대학교 제자들의 졸업식 기념 사진.

도 수강생이 적더라도 반드시 정식으로 교실에서 강의할 것과 공통 과목으로 고등 응용수학을 각 과 대학원생 누구든 필수 과목으로 이수해야 한다는 것을 실행시켰다.

이에 광산, 섬유, 원자력 등 몇 개 학과에서 불만을 제기했지만 나는 소신대로 밀고 나갔다. 대학원 유학 시절 고등수학을 필수 과목으로 이수했으며, 특히 디지털 컴퓨터가 보급되지 않은 시점에서 적어도 대학원생이라면 응용수학을 풀 수 있는 능력은 갖추어야 한다는 것이 나의 소신이었다. 그때부터 한양 공대 대학원은 타 대학에서 볼 수 없는 이수 과목으로 고등수학 강좌가 개설되어 대학원 공통 과목으로 이어가게 된 것이다.

아날로그 컴퓨터 제작 :

나의 강의 과목 중 당시 유행이었던 자동제어Automatic Control라는 과목이 있었다. 어느 제어 시스템의 물리적 표현이 고차원 미분 방정식으로 표현될 때 그 해답을 풀어낼 수 있는 방법이 무엇인가라는 생각을 갖게 됐다. 일일이 손으로 풀어야만 했던 과거의 해법 대신 나는 아날로그 컴퓨터에 제어 시스템을 표현하는 제원들을 입력해서 실시간으로 디스플레이 장치인 모니터Oscilloscope를 통해 그 해답을 관찰해보고자 했다.

물론 그 당시는 디지털 컴퓨터가 상용화되지 않았던 시절이라 나의 착안은 아날로그 컴퓨터를 제작해서 교육용으로 사용해보려는 것이었다. 우선 교육용 컴퓨터를 제작할 것을 결심하고 총장에게 나의 의도를 말씀드린 후 흔쾌히 승낙을 받았다. 우선 미국에서 교육용으로 사용하고 있는 여러 형의 컴퓨터의 실제 도면을 참고로 자료 수집에 들어가는 한편, 대학원 제자인 장창섭 군과 조립 계획부터 수립하고 컴퓨터 제작에 필요한 부품의 목록을 정리한 다음 청계천4가에 가서 파괴된 미군용 통신기기에서 쓸 만한 부속품을 닥치는 대로 사들이기로 했다.

청계천 고물상에서 사들인 쓸 만한 부품들은 레지스터, 인다크터, 콘덴서, 고글 스위치Goggle Switch, 진공관, 변압기, 헤리칼 포텐시오미터, 전류계기, 전압계기, 오실로스코프Oscilloscope, 플러그와 소켓 및 조립용 여러 색깔의 전선 등이었다. 부품을 사기 위해 청계천을 드나든 빈도가 수십 차례가 넘었다.

당시는 집에서 대학까지 출퇴근하는 데 교통이 불편해서 어려운 점이 많았다. 강의, 대학원 업무, 그리고 컴퓨터 제작하는 문제 등이 얽히고설켜 많은 시간을 뺏기게 되어 연구실에서 자기로 했다. 대학 당국은 내 사정을 잘 아는 터라, 시설과에서 중앙에 일본식 다다미 한 장을 깐 목제 침대 하나를 설치해주었다.

그리고 대강당 뒤 경사진 곳에 자리한 하숙집에서 식사를 해결하기로 했다. 하숙집 주인은 바로 한양대 본관 수위장 신 장로였다. 그는 함경도 사람으로 환갑이 지난 초로의 노인인데 두 내외만이 살고 있었다. 신 장로 내외는 독실한 기독교 신자이며 참 착한 분들이었다.

신 수위장 부인은 식사 준비에 지극정성을 쏟았다. 함경도에서는 생선 식해를 고급 음식으로 치는 것 같은데 나는 비위에 맞지 않아 난감할 때가 있었다. 이를 눈치챈 신씨 부인은 생선 식해 대신 꽁치, 명태, 뱅어포 같은 생선을 요리해주었다. 추측하건대 총장의 배려와 지시가 있었지 않았을까 싶다. 장창섭 군과 학부 학생 3명(박찬모, 이수복, 김상곤)은 접이식 군 야전침대로 잠자리를 해결했고 점심 식사는 하숙집에서 같이 먹었다. 물론 학생들은 밤늦게까지 작업을 할 경우 반은 학교에서 먹고 자고, 반은 집에서 통학하면서 조립 작업을 강행했다.

제1호 전자계산기

그 당시 국내 부품 산업은 전무한 상태였고, 그렇다고 미국 등 외국에서 주문 구입한다는 것도 물량과 시간의 제약으로 불가능했기에, 미 군용장비에서 마음대로 뒤져서 부품을 구입할 수 있었던 것은 천만다행이었다. 청계천 고물상의 부품 가격은 천차만별이어서 비싼 부품도 싸게 살 수 있었고, 반대로 싼 부품인데 비싸게 부르는 바람에 상인과 실랑이를 벌이는 때가 많았다.

다음 작업은 전자계기와 부품들을 삽입해서 부착할 수 있는 철기판鐵基板을 선택하는 일이었다. 알맞은 두 개의 철판을 구입하고 적당한 크기로 절단하는 것과 여러 크기의 구멍을 뚫는 작업을 위해 연구실에 공작기계 등을 설치해야 했으며, 우리 제작진은 주야로 작업에 몰두해야 했다. 그래도 공작기계 덕분에 철판틀 절단 및 뚫는 작

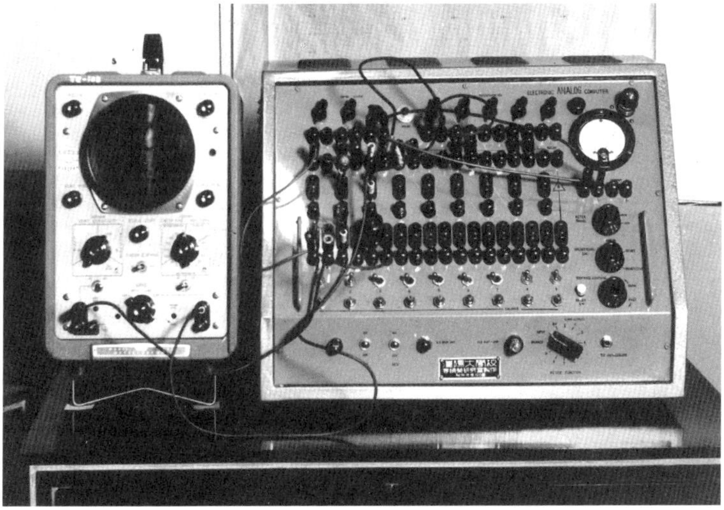

제1호 전자계산기.

업은 무난히 시행할 수 있었다. 이러한 기초 작업이 끝나면 이 철판들을 대학에서 제공한 트럭에 싣고 을지로4가 철공소로 갔다. 철판 표면을 매끄럽게 사포질하고 도색 작업을 여러 번 해서 완전히 말린 다음, 며칠 후 다시 싣고 돌아와 본격적으로 설계도면에 따라 컴퓨터 조립 작업에 들어갔다.

철기판에 여러 부품들을 삽입하고 납땜 연결 작업을 끝낸 뒤 철공소 기술자를 불러 도면에 따라 조립한 기판들을 내장할 수 있는 외장 샤시Sheathing를 주문했다. 이런 복잡하고 힘든 준비 절차를 거치고 시험 가동 초기에 시행착오를 여러 번 되풀이하면서 1962년 8월에 완성한 것이 선형미분 방정식 해석용으로 제작한 제1호 아날로그 전자계산기이다.

제2호 전자계산기 :

계속해서 비선형 방정식과 편미분 방정식 등을 컴퓨터를 이용해서 실시간으로 풀 수 있고 자동제어 시스템의 전달 변환 함수Transfer Function 등을 해석할 수 있는 대규모의 연구용 제2호 아날로그 전자계산기를 1963년 3월에 완성했다. 2호기는 규모로 볼 때 그 당시 우리나라에서는 볼 수 없는 유일한 전자식 계산기였다.

2호기에는 가감계산기, 승제용 계산기, 부호변환기 및 미적분기의 역할을 담당하는 연산증폭기Operational Amplifier 판 A군 B군에 각 9대씩 도합 12대를 장치하였고, 편미분 방정식과 비선형계 방정식을 풀 수 있는 임의함수 발생기Variable Function Generator 장치와 전자관식 곱셈기Electronic Multiplier, 기타 표시장치Displayer 등 진공관

161개와 대소부속품 1만 7천 개가 내장되어 있다.

미국에서는 1935년에 부시Bush형 미분해석기가 최초로 제작되었지만 아날로그 전자계산기가 본격적으로 상품화된 시기는 1947년 경이었으며, 일본은 1955년, 우리나라에서는 1962년 8월에 처음으로 아날로그 전자계산기를 제작함으로써 상품으로 손색이 없는 컴퓨터를 만들어내기에 이른 것이다.

제2호 전자계산기.

우리나라 첫電子計算器完成

微·積分도 척척

李晩榮博士의苦心 結實

우리나라에서처음으로제작된 전자계산기 가동식이 24일상오 한양대학교에서 열렸다. 한양대학교 공과대학 이만영(李晩榮)박사가 설계제작한 이전자계산기는 작년2월 제작에착수, 지난3월에 완성된것인데 이전자계산기의 제작으로 기계의 진동, 전기, 음향, 열, 원자로가동등 자동화되어있 현대과학에 많은 공헌 끼치게되었다.

이전자계산기의기재 전부 이박사가 국내에서, 구입하여 제작한 으로 이와같은 계산기를 미국으로부터 도입하자면 三만불이 소요되는것이라한다. 그러데 동계산기는 가·감 산 상수의 승·제 부호 변경및 미·적분방정식 의 해답을 자동적으로 계산해낼수있다.

<사진>1년이상걸려 제작한 전자계산기一어제 가동식에서 이만영박사가 원리를 설명하고있다.

朝鮮日報 63. 4. 25

계산기 개발과 관련한 당시 신문기사(조선일보 1963년 4월 25일).

제1, 2호기 화재로 소실

대학 연구실에서 기거하면서 제작한 제1, 2호 전자계산기가 1963년 11월 30일 새벽 1시 불의의 화재로 전소되고 말았다. 그토록 고통과 역경을 무릅쓰고 만든 두 대의 계산기가 하루아침에 고철로 변한 것이다. 나는 실의와 허탈감으로 넋 잃은 사람처럼 멍하니 창밖의 하늘만 쳐다보았다. 본관 2층의 내 연구실과 작업실은 나란히 붙어 있었다. 2층 서쪽 끝에 전화 교환실이 있었는데 그곳에서 불이 난 것이었다. 당시 전화 연결은 전화를 받으면 교환수가 교환대의 해당 구멍에 수동으로 플러그를 움직여 통화를 연결해주는 원시적인 전화 교환 방식이었다.

매섭게 추운 동절기에는 교환수들이 니크롬선으로 감은 방석을 깔고 근무하는 환경이었다. 퇴근시 전열 방석의 전원을 끄지 않고 그냥 퇴근해서 과열로 화재가 일어난 것으로 보고 두 명의 교환수가 왕십리 성동경찰서에 불려가서 조사를 받았다. 그 화재로 작업실의 컴퓨터 2대와 내 연구실 서가에 꽂힌 약 200권의 책과 논문집, 연구 자료 등 내 사유물 전부가 타버렸다. 당시 서울 시내 각 신문은 '한양대의 불'이라는 제목의 기사를 일제히 보도했다.

제3호 전자계산기 제작

김연준 총장은 다시 계산기를 만들면 되지 않느냐고 위로와 격려를 해주었다. 나도 이대로 주저앉아서는 안 되겠다고 결심하고 제3호 대규모 전자계산기를 제작하기로 마음을 먹었다. 그때가 1964년 초였다. 공작기계들을 수리하면서 제자들과 같이 밤늦게까지 3호기 제작에 몰두했다. 그런 고통의 나날을 보내며 작업을 강행한 끝에 1964년 5월 27일 드디어 제3호 전자계산기를 완성하게 되었다. 여러 번의 시행착오를 거쳐 시험 가동한 결과 성공적으로 조립을 완료했다. 컴퓨터 가동식에는 여러 신문사 보도진이 초빙되어 컴퓨터 가동 사실을 일제히 신문에 기사화해주었다. 당시 일본 산케이 신문도 이 사실을 크게 다뤄 보도했다.

당시 반도체칩 같은 것은 존재하지도 않았고, 다만 청계천변 노

제3호 전자계산기.

점에 진열된 부서진 미군용 통신기기에서 나온 부속품과 진공관 등으로 조립한 아날로그 컴퓨터로서 국내에서 최초로 만들어졌다는 점에서 볼 때 국산 컴퓨터의 효시라 평가됐다. 그 당시의 신문과 민족사관연구소장 신진구 선생은 "우리 컴퓨터 역사의 뿌리를 찾는다면 민족사적인 그 뿌리는 이만영 교수가 만든 컴퓨터가 될 것이다"라고 피력했다.

그러나 내 마음의 시름은 가시지 않았다. 이제부터 나는 무엇을 할 것인가? 이렇듯 고생하며 주야로 노력했건만 나에게 돌아온 것은 무엇인가? 앞날의 설계가 불안한 마음이라 개운치 않았다.

두려움으로 만감이 교차했다. 더욱이 빈약한 연구 환경에서 논문을 쓰고 책을 출간할 수 있는 기회가 과연 보장될 수 있는가. 여러 가지 고민을 하게 되었다. 다시 미국으로 돌아가 강의와 연구 그리고 대학원생의 논문 지도 등을 통해 논문도 발표하고 저서 활동도 하는 것이 학자로서 가져볼 수 있는 희망이라는 것을 심각하게 생각하게 되었다.

그러던 어느 날 교무처장이 "이 박사님, 그간 너무 고생이 많으셨다"며, 총장이 한양공업 초급대학을 설립하고 나를 초대 학장으로 임명하려 한다는 전갈을 가져왔다. 심사숙고해서 결정을 내려달라는 것이었다. 나는 이미 반은 미국으로 가야겠다는 생각을 굳히고 있었는데 이런 문제로 다시 고민하게 되었다. 그래서 당장 결정할 수 없으니 추후 시간을 두고 생각해보고 총장님과 상의해보겠다는 뜻을 전해달라고 했다.

그런데 한 사나흘 후 나와 아무 상의도 없이 학교 학과장실에 초급대학 학장실이라는 간판이 붙어 있어서 나는 실소를 짓고 말았다. 한양대에 부임한 후 4년 동안 컴퓨터 제작에 골몰하면서 애쓰고 고생한 것을 누구보다도 잘 아는 분이 김연준 총장이었기에 그런 보직으로나마 위로해주려는 배려인 것 같았다.

그럼에도 불구하고 나는 결국 도미를 결심하게 되었고 두서너 곳에 교수 채용원서를 냈더니 버지니아 공대Virginia Tech에서 나를 원한다는 연락을 해왔다. 나의 결정을 총장께 말씀드렸더니 매우 서운해하는 눈치였다. 내가 떠날 때 "이 박사 1, 2년 후에는 꼭 돌아오는 거지요"라고 하시면서 소공동 해창 양복점에서 양복 두 벌을 맞춰주고 김포공항까지 당신의 자가용 승용차까지 내주었다. 떠나면서도 참으로 감동을 받았고 그분의 배려에 감사할 따름이었다.

유학 후 귀국해 한양대학교에서 있었던 일을 마무리지으며, 함께 전자계산기를 만들며 동고동락한 나의 제자 장창섭 군에 대해 몇 마디 더 적고자 한다. 평생 내 곁에는 다양한 국적의 훌륭한 제자가 많았지만 장창섭 군만 한 인재는 드물지 않았나 싶다. 전자계산기 제작에 가장 중추적인 역할을 한 장창섭 군은 아버지가 해군에서 요직을 맡았을 정도로 유복하고 명망 있는 집안에서 좋은 교육을 받고 자란 덕분에 머리도 영특할뿐더러 영어도 유창했다. 내가 한양대학교를 떠나 미국으로 건너간 후 장창섭 군 역시 미국에 직장을 얻어 보스턴 쪽에 있으면서 서로 몇 차례 만나기도 하며 인연을 지속했다. 이때 장창섭 군을 이야기하면서 빼놓을 수 없는 일이 있는데 바로 경비행기로 미 대륙을 횡단한 일이다. 성실하고 근면하면서도 젊은이다운 패기와 모험 정신도 가지고 있던 그는 경비행기 조종에 대한 남다른 꿈이 있었던 것 같다. 그래서 미국 곳곳을 날아다니는 경비행기를 보면 늘 감탄해 마지않았고, 자신이 직접 경비행기를 만들어볼 생각도 하고 있었다. 하지만 여러 여건상 비행기를 직접 만들지는 못하고 오랜 준비 끝에 경비행기 한 대를 아예 구입해서 보스턴 경비행장에 놓고 경비행기 조종사 면허증까지 따는 데 성공했다. 알다시피 비행기 조종이란 쉬운 일이 아니기에 장창섭 군의 열정을 짐작할 수 있는 대목이다.

그는 비행기를 타고 동네를 왔다 갔다 한 정도에 그친 것이 아니라, 보스턴부터 샌프란시스코에 이르는 약 16,000km의 거리를 경비행기로 횡단하는 도전에 나섰고 결국 성공을 거뒀다. 당시만 해도 경비행기로 이러한 거리를 이동하는 건 드문 일이었고 게다가 동양인이 시도한 것은 최초였기 때문에 교민 사회와 미국 언론에서 큰 화제가 되었다. 만약 우리나라 비행기 조종 역사 같은 것이 있다면 장창섭 군이 한자리를 차지해야 되지 않을까 하는 게 내 생각이다.

이렇듯 자신의 일과 꿈을 이뤄내는 데 모두 열심이었던 장창섭 군은 인품도 훌륭해 수십 년이 지난 지금까지도 나를 스승으로 대우해 꾸준히 연락을 하고 내가 병석에 눕자 꾸준히 병문안을 와서 안부를 묻곤 하는 가장 고마운 제자 중 한 명이다. 이 지면을 빌려 장창섭 군에게 감사를 표하고 싶다.

파이회

파이회π Club란 1960년 초 미국에서 박사학위를 취득하고 귀국한 젊은 과학자들의 모임이다. 정부의 장려나 후원으로 이루어진 조직은 아니었다. 미국에서 공부하고 돌아와보니 중공업, 경공업, 대학교육 연구기관 등 생산과 연구가 선진국처럼 조화롭게 공존하는 현실과는 너무나 뒤떨어진 환경에 놓여 있었다. 우리 과학자들은 이러한 모임에서나마 위안과 걱정으로 국가 장래에 대한 비전과 우려를 토론해보기도 하고 솔직하게 신세한탄을 늘어놓기도 했다.

파이회의 초창기 멤버는 최상협(화학), 최형섭(금속), 한상준(화학), 이만영(전자), 함인영(기계), 심문택(화학), 조순탁(물리), 이명희(생물), 안세희(물리), 이렇게 9명이었다. 6·25 전쟁으로 국토는 황폐해지고 기간산업은 빈약한 환경이었다. 우리는 거의 전부가 교수직에 있었으나, 최형섭 박사만이 국산 자동차회사 사장으로 있으면서 파이회 조직을 선도했다. 우리는 을지로1가 네거리 개성 인삼 전시장 뒤 중앙반점(중국집) 2층에서 매주 토요일마다 모여 저녁식사를 하면서 인생 넋두리를 하곤 했다. 그러나 우리나라도 경공업이 서서히 기지개를 펴고 연구소도 탄생하는 전기가 마련되는 분위기였다.

매년 신진 박사들이 불어나며 모임은 20여 명에 이를 정도로 활발해졌다. 초기 멤버들은 후일 장관, 대학총장, 연구소장, 대기업 사장 등을 지낸 우리나라 선도적 역할을 한 사람들이다. 그러나 불행하게도 모두 이 세상을 떠난 고인들이 되었다. 몇 년 전에 최형섭 박사가 떠났고 뒤이어 최상협 박사마저 고인이 되었으니 인생무상을 느낀다. 이 두 분은 나와 같이 대한민국 학술원 회원이고, 우연히도 내가 사는 삼성 노블카운티 너싱홈(병 치료 요양 시설)에서 장기 투병 끝에 애석하게도 타계하였다. 파이회는 나와 함인영 박사가 1964년 다시 미국 대학교수로 갈 때 매년 신진 박사들이 가담하고 활발해졌으나 그 후의 활동에 대해서는 분명치 않다.

과학기술정책 자문

1961년 5·16으로 국가재건 최고회의가 발족했다. 1962년 초가을로 기억하는데 최고회의 쪽에서 우리나라 과학기술 정책수립의 일환으로 젊은 과학 기술인들을 소집해서 정책수립에 자문하라는 통지를 받았다.

소집 장소는 덕수궁 내 한 전각이었다. 최고회의 쪽에서 이호석 중령이 반장으로 파견되었고, 그 밑에 7, 8명의 사병들이 우리 소집회원들의 뒷바라지를 해주었다. 소집된 과학기술인 가운데 서울대 화학과 김세현 교수가 총괄팀장이 되었고, 기타 소집된 회원은 다음과 같다. 김세현(화학), 안동선(전자), 기용수(미생물학), 이만영(전기), 최종완(토목), 김동훈(금속) 그리고 기계와 건축 분야의 2명은 오래전 일이라 성명이 내 기억에 선명치 않다. 2주 동안 외출이 금지되고 식사도 사병들이 날라다준 도시락으로 해결하면서 주야로 작업을 강행했다.

자료 수집과 아울러 기업체의 부사장급 간부 인사들로부터 기업이 직면하고 있는 현황과 애로사항들을 청취했다. 전기, 전자 분야는 나와 안동선 위원(대한전선 사장)이 상의하면서 작업을 진행했다. 안 위원은 현업에 오래 근무한 분이라서 우리 분야의 보고서를 작성하는 데 큰 역할을 했다. 우리 조사팀이 2주간 주야로 강행하며 취합한 보고서의 양은 방대했다. 그러나 작업 내용은 우리나라 기업 육성에 필요한 정책과 지침을 건의하는 것이 아니고, 단지 과학기술 진흥을 위해서는 국가 주도 종합연구소의 설립이 급선무라는 방향에 초점을 맞췄다.

파견 군인들은 우리가 작성한 과학기술 연구기구 설립에 대한 보고서안을 인쇄해서 책자로 제본해주었다. 그 책자를 들고 작업에 참가한 전원이 중앙청 내각수반실로 송요찬 장군을 만나러 갔다. 김세현 교수가 보고서 내용을 요약해서 브리핑했다. 듣고 난 다음 송요찬 내각수반은 "돈이 부족하지만 여러분이 고생하며 작성한 귀중한 자료인 만큼, 최고회의 관계부서에 보내겠다"고 했다. 김세현 교수가 "우리가 조사한 자료는 어디까지나 건의서이지 그 조사 내용을 당장 시행하라는 것은 아니다"라고 진술한 다음, 우리 일행은 내각수반실을 나왔다.

나는 1964년 여름에 미국으로 떠났으니 그 후 그 보고서는 어떻게 처리되었는지 분명치 않으나, 박정희 최고회의 의장이 민선 대통령으로 당선된 후 그 보고서를 경제기획원으로 내려 보내 검토한 후 한국과학기술연구소KIST를 설립하는 데 기폭제로 삼았다고 들었다.

| 7장 |

버지니아 공대 교수 생활

눈에 비친 버지니아 공대

나는 1964년 9월 블랙스버그Blacksburg 소재 버지니아 공대Virginia Tech 전자공학과 부교수로 부임했다. 놀랍게도 공대 학장이 나의 은사인 Worcester 박사님이었다. 은사님은 1963년에 학장으로 부임한 상태였다. 1964년 초에 내가 채용원서를 냈을 때 우스터 학장님이 내 이력서를 보고 즉시 채용했으리라 추측한다. 사제지간이 상봉하게 되니 반갑고 기뻤으며 앞으로의 생활에도 더욱 안정감을 느끼게 됐다.

며칠을 학장님 자택에서 묵고 나서, 대학 정문 바로 앞에 있는 프랑스계 미국인 노파 집에서 거주하게 되었다. 당시 70세가량의 할머니였는데 아주 너그러운 사람은 아닌 것 같은 인상을 받았다.

그 집에서 약 3개월쯤 보낸 후 승용차를 구입하고 캠퍼스에서 좀 떨어진 곳이지만 넓은 방을 얻어 이사했다. 그리고 미국에 온 지 1년 후 우리 가족 4명이 미국으로 건너왔다. 가족과 함께할 수 있다는 면에서 미국 생활은 무척 안정적이고 평온했다.

미국 버지니아 주는 수도 워싱턴에 인접한 곳이지만, 어느 정도 발전된 부유한 주는 아닌 듯했다. 그곳에 속한 버지니아 공대는 140년의 역사를 가진 랜드 그랜트 대학Land Grant University이다. 랜드 그랜트 대학이란 1860년대 초 남북전쟁으로 국토가 황폐해지고 주 정부가 재정난에 허덕일 때, 연방 정부가 국가 소유 토지를 무상으로 대여해서 수립한 주립대학을 말한다.

버지니아 공대는 조지아 공대Georgia Tech와 함께 남부에서 쌍벽을 이루는 명문 대학이다. 남부는 남북전쟁에서 패배한 수모의 앙금이 아직까지 이어져내려와 폐쇄적인 인상을 받았다. 교수진도 남부 대학 출신이 많다. 더욱 놀란 것은 대학 학군단ROTC 학생 전원이 기숙사 생활을 해야 하는 점이었다. 특히 1학년 ROTC 생도들은 교정을 걸어갈 때 앞을 똑바로 바라보며 걸어야 하고, 상급생과 마주칠 때 거수경례는 물론, 걸어가다 방향을 바꿀 때도 90도 각도로 꺾어 걸어가는 오뚝이 같은 행동규칙을 따르고 있었다. 옛날 중서부에서 대학원 생활을 할 때 ROTC 학생들이 자기 거처에서 통학하며 자유롭게 학군단 생활을 하는 것과는 사뭇 대조적인 모습이었다.

앞서 한 번 언급했지만 9월 학기 초부터 미국 대학 축구 컨퍼런스 전이 시작되는데 전 미국이 열광적으로 들썩이게 된다. 시합이 끝난 직후 150여 명으로 구성된 대학 관현악대가 필드를 행진한다. 연주 행진이 끝난 후 학생들은 모자를 뒤로 돌려쓰고 남부군 행진곡을 연주하며 또 행진한다. 국기 게양대에는 미국 국기Stars and Stripes 바로 아래 남부 국기Southern Confederate Flag가 위아래로 나란히 게양되어 있다. 미국 16대 대통령 에이브러햄 링컨 때인 1865년 초 남부 연합정부가 남북전쟁에서 패망하고 또 흑인 노예해방으로 받은 충격이 남부 사람들의 마음속에 쓰라림으로 남아 있지 않나 하는 느낌을 받았다.

강의 과목과 대학원생

부임 첫 학기에 내가 맡은 학부 과목은 회로이론이었고 대학원 과목은 통계통신공학이었다. 해가 바뀌어감에 따라 대학원 교과목도 변천했다. 1960년 초 미국 전자공학 대학원생은 선수 과목으로 상관함수Autocorrelation Function와 주파수 영역으로 변환한 파워 스펙트럼Power Spectrum 해석기법 등을 우선 이수해야 했다. 그다음 통신 장애의 주범인 잡음의 원인 규명이다. 잡음의 진행 과정이 예측불허이기 때문에 그 특성을 규명하려면 미디어 환경에 따라 20여 가지의 간헐Discrete 또는 연속Continuous, 확률밀도분포Probability Density Distribution와 확률과정Random Process 등을 대학원 과정으로 수강해야 한다. 내 기억으로는 Blackman(Sylvania Electronic Systems)의 저서와 Rice(Bell Labs)의

논문집 등이 삽음 분석에 공헌한 양서가 아닌가 싶다.

또 전통 통신공학 분야에서는 PCM전파 신호의 변조Modulation, 여과Filtering, 그리고 검파Detection기술 등을 강의했는데, Y. W. Lee가 저술한 John Wiley 출판사의 『Statistical Theory of Communication』을 약 2년간 교재로 쓰다 그 후부터는 MIT의 Van Trees의 저서 Part 1의 일부를 교재로 삼아 강의한 것으로 기억한다. 그리고 1960년 McGraw-Hill에서 출판한 D. Middleton의 『An Introduction to Statistical Communication Theory』도 일독할 만한 좋은 참고서였다. 그리고 계속해서 1960년 말부터 정보이론과 초보적인 오류정정 보호이론을 가르치다 1972년 Fulbright Fellow로 서강대학교에서 강의하게 되었다.

Fulbright 교수 제도는 Fulbright-Hays 법안이 미국 의회를 통과한 후 전 세계 미개발국으로 분류되는 국가에 미국 대학교수들을 파견해 1년간 강의하게 하는 제도이다. 나도 인선되어 한국을 지원함으로써 서강대학교로 가게 된 것이다.

내 강의를 수강한 대학원 학생은 매 학기 평균 30여 명이었다. 수강생은 미국, 한국, 이집트, 인도, 중국 등 다양한 국적을 가진 학생들이다. 한국 학생은 박헌서, 양승택, 하춘근 등 3명이며, 미국 학생은 Morrow, Lindauer 등 10여 명이고, 또 이집트인 Hussein, 인도인 Gohain, 그리고 중국인은 Chang 등 2명으로 기억하고 있

버지니아 공대 제자들과 기념 사진.

나. 그 가운데 특히 우수한 학생은 Hussein, Lindauer, Morrow, Gohain, 박헌서, 양승택이었다.

그중 박헌서 군과 Tzu-Fang Chang 군은 1966년에, 양승택 군과 하춘근 군은 1968년에 공학 석사학위를 받고 버지니아 공대를 떠났다. 양승택 군은 브루클린 공대에서, 박헌서 군은 코넬 대학에서 박사학위를 받은 나의 뛰어난 제자들이다. 후일 나를 따라 국영 한국전자통신 상무로 같이 근무한 바 있다. 그리고 하춘근 군은 내게서 석사학위를 마친 후 웨스트버지니아 주의 어느 전문대학 강사로 근무한 것은 알지만, 현재는 어디에서 무슨 일을 하며 지내는지 소식이 묘연하다.

특히 양승택, 박헌서 군은 1981년 이후 약 30년 동안 서울 하늘 아래 같이 살고 있건만 출세들을 한 탓인지 전화 한 통 없이 지내니 약간 서운한 마음이 든다. 또 나의 대학 제자인 김건중 군이 있다. 그는 노스다코타North Dakota 대학원에서 공학 석사학위를 받은 후 LA의 모 전자회사에 근무하다가 나의 권유에 못 이겨 나를 도와 한국전자통신에서 구미 공장장으로 근무했고, 또 나와 함께 삼성반도체통신으로 이직해서 유일하게 삼성전자에 남아 근 20년간 상무, 전무의 자리까지 승진한 충실한 내 제자이다. 김건중 군은 성품이 온화하고 한결같은 의리의 사나이다. 20년 동안 매년 정초마다 내 집을 찾아와 아직도 사제지간의 정을 이어가고 있다.

1960년대 후반 연구 과제

미국 LA 패서디나에 위치한 JPL 연구소는 미 항공우주국NASA이 실질적 재정운영권을 가지고 있으나 명목상 캘리포니아 공대Cal Tech의 부설연구소로 되어 있다. 1960년 중반 JPL은 우주통신Space Communication 연구 개발의 중심 연구기관이었다. 특히 우주공간을 비행하는 인공위성의 궤도 수정을 위한 추적과 검파 문제 등은 그 당시 큰 연구 이슈로 등장하게 된다.

우주를 비행하는 인공위성 Spacecraft의 궤도 제어Tracking Control 목적으로 개발한 페이스락 루프PLL: Phase-Lock Loop 기법이 그 당시 연구 대상의 중심이 됨으로써 대학가에서는 연구비 조달의 대상이 되고 선도적인 연구 과제로 등장하게 된다. 나도 PLL 연구에 몰두하게 되었고 내가 지도한 3명의 대학원생이 이 분야의 연구논문으로 박사학위를 받았다.

PLL장치의 기본 목적은 우주비행체Spacecraft의 추적과 검파Tracking and Detection를 위한 것이다. 인공위성 내의 수신기로 입력되는 변조 신호Modulating Signal는 각각 두 개의 채널로 데이터Data와 동기신호Synchronizing Signal를 받게 된다. 데이터는 2원부호Binary Code이고 동기신호는 데이터 탐지에 필요한 시한정보Timing Information를 말한다. 따라서 PLL 입력은 FM변조신호와 Gaussian 분포를 가진 잡음으로 구성된다. PLL 장치는 승산기Multiplier, 루프 필터Loop Filter, 그리고 전압제어발진기VCO: Voltage-Controlled Oscillator 등으로 구성된다.

PLL의 위상 오류Phase Error는 입력 위상Input Phase과 위성에 내장된 VCO의 위상과의 위상오차를 최소한으로 줄여줌으로써 위성이 궤도에서 이탈하지 못하도록 묶어두어야 한다. 그러기 위해서는 Fokker-Planck 방정식을 해독해서 우선 위상오차의 확률분포를 알아내고 열악한 SNR의 환경에서도 위성궤도를 벗어나지 않고 유지하도록 해야 한다.

PLL 입력 $s(t)$와 VCO출력 $c(t)$는 승산장치Multiplier를 통과한 혼합신호를 여과기(예: Lead-Lag Filter)를 거쳐서 VCO의 입력으로 귀환Feedback하는 과정을 반복함으로써 PLL의 위상오차를 계속 좁혀나가야 한다.

PLL 해석은 전적으로 Fokker–Planck 방정식의 해법에 의존해야 한다. 2차 Fokker–Planck 방정식의 계수는 PLL의 제원Parameter 입력에 내포된 잡음 스펙트럼Noise Spectrum, 그리고 입력변조신호 등의 함수로 표현되어 있기 때문에 PLL–FP 방정식을 풀어 정확한 해답을 도출해야 한다. 그래야만 PLL의 위상오류분포Phase Error Distribution를 정확하게 추정함과 동시에 최악 SNR 환경에서도 위상차를 계속 유지해나감으로써 인공위성의 궤도 제어를 가능케 할 것이다.

1960년 초반에 미·소 양국의 PLL 해법은 약간의 차이가 있다고 본다. 미국에는 A. J. Viterbi를 정점으로 하는 미국학파가, 소련에는 V. I. Tikhonov를 주축으로 하는 소련학파가 있었다. 나는 유독 Tikhonov 학설을 택했기 때문에 그 당시 미국 PLL 연구자들로부터 해석 절차상의 이견으로 학술적 도전을 받은 것도 사실이다.

IEEE 통신이론 분과위원회

IEEE(Institute of Electrical and Electronics Engineers)는 미국 전기전자공학회를 가리키는 말인데, 실제로는 전 세계 어느 나라든 전기, 전자, 통신, 전자파, 정보, 반도체, 컴퓨터 등 관련 분야에서 종사하는 과학기술자라면 누구나 회원으로 가입할 수 있는 범세계적인 학회 조직이다. IEEE 통신전문기구Communication Society 산하에 통신이론 분과위원회Communication Theory Committee가 있다.

나는 이 분과위원회 위원으로 참여하고 있었다. 통신이론 분과의 조직은 위원장, 부위원장, 그리고 간사 3명 외에 28명의 위원으로 구성되었다. 직업별로 구별해보면 대학교수 14명, 기업체 9명, 연구소 6명 그리고 정부산하기관 2명 등 도합 31명이다.

통신이론 분과위원장에는 W. C. Lindsey(USC 교수), 부위원장에 Jack Stiffler(Raytheon Company), 그리고 간사에 P. A. Wintz(Purdue대 교수)가 자리를 맡고 있었다. 그런데 갑자기 Wintz 교수가 개인 사정으로 간사직을 사임함으로써 Lindsey 회장이 나에게 간사직을 맡아달라고 했다. 처음에는 고사했으나 1년 반이면 끝나는데 꼭 수락해달라고 부탁해서 할 수 없이 내가 간사 역할을 하게 되었다.

내가 간사직을 고사한 이유는 매년 개최되는 ICC(International Conference on Communications), NEC(National Electronics Conference), 그리고 NTC(National Telemetering Conference) 등 학술대회 뒷바라지를 해야 하기 때문이었다. 분과위원회는 항상 학술대회 기간 중 개최지에서 모임을 갖는다. 간사가 할 일은 회의 일정과 장소와 회의 어젠다Agenda를 미리 회원들에게 알리는 일과 회의가 끝난 후 회의록을 정리해서 각 위원들에게 결과 보고 문서를 발송하는 일인데, 보통 일이 아니다.

또 다른 골치 아픈 일은 논문 심사 문제였다. 1년간 접수된 논문의 몇 편을 IEEE Transactions on Communication Technology에 게재 발표하느냐 하는 문제다. 그러기 위해서 우선 논문 심사위원 위촉 문제, 게재 불가 논문 및 재수정이 필요한 논문을 가려내는 문제, 또 통신논문Correspondence, 단편논문Concise Paper 등을 구분 선정해서 게재하는 문제 등 골치 아픈 일이 많다. 물론 이런 문제는 간사가 할 일은 아니지만 심사 결과를 통계적으로 요약해서 보고하는 일은 간사의 몫이다. 그 외에도 위원장의 지시를 전화로 각 위원들에게 일일이 연락하는 일도 많은 시간을 뺏기는 간사의 역할이다. 반면 각 분과위원들과 친숙해지고 허물없이 통할 수 있어 나로서는 큰 성과이기도 했다.

나는 예나 지금이나 기억력 하나만은 좋은 편이라서 과거에 있었던 일과 사람 이름은 그런대로 잘 기억하는 편이다. 약 52년 전에 있었던 일이지만 당시 통신이론 분과위원들의 이름은 대충 기억하고 있다. 그중에서 특히 기억에 남는 인사의 이름은 Lindsey(USC), Stiffler(Raytheon Company), Cooper(Purdue대), Nesenbergs(NIST), Salz(Bell Labs), Kleinrock(UCLA), Schilling(브루클린 공대), Butman(JPL), Wintz(Purdue대), Alein(IFDA), Bush(조지아 공대) 등이다. 성姓은 기억하지만 개개인의 이름은 도저히 기억해낼 수 없어 생략했으니 이해하기 바란다.

Worcester 학장 조난 비보

1970년 봄으로 기억한다. 나의 스승인 Worcester 공대 학장이 비행기 사고로 사망했다는 비보를 접했다. 나는 적지 않은 충격을 받았다. 우스터 학장은 미국 해안경비 사관학교Coast Guard Academy 연구 시설 자문단장으로 타 대학 교수 일행을 인솔하고 자문 업무를 마치고 해안경비대에서 제공한 경비행기로 귀가 중 로드아일랜드Rhode Island 해안에서 짙은 안개로 조난을 당한 것이다.

이 비보와 나의 울적한 심사를 은사인 Harlan Palmer 교수님께 편지로 전했다. Palmer 교수님은 자신의 친구 V. O. Long 교수가 Wyoming 대학 전기공학과 주임교수로 재직하고 있으니 편지를 써보라고 하셨다. 나는 곧 Long 교수님께 편지를 썼다. 그랬더니

1970년 11월 9일자 편지에 Long 교수님께서 Harlan은 자신의 오랜 친구이며, 자신은 1938년에 콜로라도 대학에서 석사학위를 받았고 1945년까지 Boulder Campus에서 교편을 잡았었다는 것이다. 그리고 Willis Worcester 박사는 제자 중 한 사람으로 자기도 그 비보를 알고 있다고 했다. 그러면서 Wyoming 대학 전기공학과의 R. K. Beach 교수가 1971년도 가을학기부터 안식년을 신청했으니 우선 1년간 Beach 교수 대신 있다가, 자신이 1972년 7월 1일부로 정년퇴임할 때까지 시일이 있으니 그동안 증원이 가능한지 주 정부에 타진해보면 좋은 소식이 있지 않겠느냐고 정에 넘치는 답장을 주었다.

동서를 막론하고 대학 후배라고 그렇게도 정성 어린 편지를 받아보니 가슴이 뭉클해지고 이쪽 남부 정서와는 사뭇 다른 느낌을 받았다. 그래서 나는 1972년에 Fulbright Fellow로 한국 서강대학교에서 강의하게 되었으니 강의를 마치고 돌아오면 상의 편지를 올리겠다고 Long 교수님께 편지를 띄우고 귀국길에 올랐다.

| 8장 |

박근혜 대통령과의 인연

임시 귀국

그렇게 나는 1972년 초에 임시 귀국해서 서강대학교에서 강의하게 되었다. 한국 체류 중 Fulbright 재단에서 지정해준 호텔이 순화동(현 중앙일보 건너편)에 있었다. 그러나 큰 형님집 댁이 서울 홍은동에 있는데 구태여 호텔에서 묵을 필요가 없을뿐더러 형님 내외분께서 호텔 생활을 허락하지 않으셔서 큰형님 댁에서 지내기로 했다.

일주일에 3일은 서강대학교에서 강의하고 이틀은 홍릉에 위치한 한국과학기술연구소KIST에서 자문 형식으로 근무하게 되었다. 그 당시 전자통신 분야에는 박송배, 현경호, 정만영 박사 등 중량급 과학자들이 근무하고 있었다. 그곳에서는 미국의 연구 동향과 우리나라 과학기술을 비교하며 환담을 나누는 정도였고, 어떤 연구 프로젝트를 하나 정해서 공동 연구하는 것은 아니었다. KIST에서는 나에게 연구실을 제공해주어서 마음껏 책을 읽을 수가 있었고, 승용차를 내주어 홍은동까지 출퇴근할 수 있게 해주니 감사하게 생각했다.

또 서강대학교에서 강의하는 날에도 KIST에서 차를 보내주어 출퇴근을 시켜주니 지금 생각해보면 감사하고 미안한 마음이 든다. 서강대학교 출근 첫날에 전자공학과 임태순 학과장이 나를 반갑게 맞아주고 내가 사용할 교수실을 안내해주었다. 그리고 주당 강의할 교재와 강의 내용 등에 관해 의견을 교환했다. 임태순 교수는 전자공학 전공이 아니고 서울대학교 물리학과 출신으로 태양열 발전에 관심을 두고 연구하는 물리학자였다.

: 서강대 제자들과의 첫 대면

강의 첫날 교실에 들어서니 43명의 전자공학 전공 학생들이 나를 맞아주었다. 첫날이라 강의는 없고 교재 소개와 앞으로의 강의 진행 방법 등을 설명해주었다. 물론 과제를 내주면 반드시 자기 실력으로 풀어야 하며 남의 해답을 베껴서 제출하는 행위는 절대 안 된다고 당부했다. 학생들은 3학년과 졸업반인 4학년 학생들로 이루어졌다. 그중 여학생이 딱 한 명 있었다.

강의 첫날에는 학생들에게 미국 유학을 갔던 이야기부터 힘든 공부 때문에 밤 새웠던 일들, 이역만리에서 음식 때문에 고생했던 이야기, 그리고 미국 대학교수로서 강의와 연구, 대학원생을 지도했던 경험담 등을 들려주었다.

미국에서 백묵을 분필집에 넣어 쓰던 습관이 있어서 분필집을 준비해갔다. 그런데 한국 백묵은 굵고 연해서 분필집에 들어가지 않을뿐더러 잘 부러지고 흑판에 쓸 때 가루가 칠판을 타고 흘러내려와, 그때 당시 아직은 우리나라의 문방구 재질이 뒤떨어짐을 느꼈다.

그러므로 나는 학생들에게 돌아가며 백묵에 겉껍질을 씌우거나 휴지를 오려 백묵을 말아 준비하도록 부탁했다. 지우개는 백묵가루가 하얗게 들러붙어 강의 시간 중 두서너 번 밖으로 나가 털어오도록 주문했다. 지금 생각해보니 학생들은 꽤 까다로운 교수를 만났다 싶었을 것이다. 41년 전 당시만 해도 학생들은 순수해서 교수가 무슨 말을 하든 복종하며, 소금가마를 물에 끌고 가라면 끌고 갈 순진하고 선량한 제자들이었다.

박근혜 대통령과의 첫 만남

서강대 전자공학과에서 강의를 2주일 한 후에 나는 이상한 제의를 학생들에게 했다. 이제부터는 일요일도 강의를 할 테니 여러분이 나와줬으면 좋겠다는 것이었다. 물론 개중에는 교회에 가는 사람, 친지와 약속해서 만날 사람, 집안 모임이 있어서 간다는 사람도 있을 테니 반드시 출석할 필요는 없고 부담 없이 결석해도 상관없다고 덧붙였다.

전자공학과에서 강의를 한 지 몇 주 지난 후 강의가 끝나고 연구실로 돌아와 강의 자료를 정리하는데 누가 노크를 했다. 들어오라고 했더니 문을 열고 들어오는 이는 43명 중에 딱 한 명 있는 여학생이었다. 들어와서 "교수님, 제가 한 가지 여쭤봐도 되겠습니까?"하고 묻는 것이었다. 무슨 일이냐고 묻자 "다음 금요일 저녁에 어머니가 교수님을 저녁에 초대해 식사를 같이하자고 말씀하시면서 금요일 저녁에 시간이 되시나 여쭤보라고 하셔서 제가 왔습니다"라고 답했다. 그 말을 듣고 수첩을 펴보니 공교롭게도 금요일 저녁에는 6·25 동란 때 급전소에서 같이 일했고 서울대학교 선배가 되는 한전 부사장 김종주 씨와 저녁 약속이 있었다. 그래서 학생에게 그날 한전 부사장과 선약이 있다고 하자 학생은 어머니께 그렇게 말씀드리겠다고 했고, 나 역시 미안하다는 말을 건넨 후 헤어졌다.

그리고 일요일 강의를 하기로 약속한 첫 번째 날에 43명 학생 중 오륙 명만 빠지고 거의 대부분의 학생들이 출석했다. 단 한 명 있던 여학생도 나와 있었다. 강의가 끝나 학생들이 모두 나가고 나도 교수실로 내려가 강의 자료 등을 정리하고 나왔는데, 뜻밖에 여학생이 나를 기다리고 있었다. "선생님, 일요일인데 서울 가시겠습니까?"라고 묻기에 "형님 집으로 바로 안 가고 서울 시내 미도파 근처 명동 거리를 거닐다가 점심 먹고 저녁때 연희동 사거리로 버스 타고 들어가려고 하네"라고 답했다. 그러자 그 여학생이 "그럼 저도 같이 동행하죠"라고 하기에, 함께 이런저런 이야기를 나누며 정문을 나서 버스 정류장으로 갔다.

그런데 정문까지 나가자 이 학생이 따라오지 않고 머뭇거리는 것이었다. 나는 행여 버스를 놓칠까 싶어 "아 이 사람아, 왜 안 가나? 나도 시내로 가고 자네도 시내로 가는 거니까 같이 버스 타고 가면 될 것 아닌가?"라고 묻자 여학생은 "강화 버스터미널 옆 골목에 조그만 차를 세워놓고 있습니다. 어차피 가는 길이니까 교수님께서 동승해주셨으면 해서 말씀드리는 겁니다"라고 답했다.

당시는 자동차를 가진 집이 대단히 드물었기에 속으로 어떻게 자가용을 가지고 왔나 궁금하게 생각했다. 그러면서 둘이 서강대학교 옆 강화 버스터미널 옆길로 들어가 70미터쯤 가니 하얀색 조그만 자동차가 있었다.

나는 미국 생활을 오래했기에 주인석에 대한 개념이 없었다. 여학생이 운전수 뒷좌석 좌측의 문을 열어주어 타라고 하기에 그곳이 주인석인 줄도 모르고 올라탔다. 학생은 앞으로 가서 조수석에 앉고는 운전기사에게 "교수님 모시고 갈 테니까 이제 떠납시다"라고 말했다. 뒷좌석에 조그만 보자기로 덮여 있는 것을 열어보니 백색 무전 전화기가 있어서 잘사는 집 자녀인가 보다고 생각했다. 그리고 '차가 있으면 왜 바깥에 수백 미터 떨어진 곳에 세워두고 기다리나? 정문으로 쭉 들어와 일요일이라 공터가 많으니 이공대학 전자공학과 건물 옆에다 세우고 타고 가면 될 것을' 하며 궁금한 마음이 들었으나 드러내놓고 물을 수 없으니 잠자코 차를 타고 갔다. 여학생은 미도파 옆 명동 거리 앞에 나를 내려주고 "그럼 교수님, 안녕히 가십시오. 전 가보겠습니다" 하고 말했다.

나중에야 알게 되었지만 그 여학생은 지금 대통령직에 오른 박

서강대 학생들과 함께 찍은 사진. 유일하게 보이는 여학생 한 명이 박근혜 대통령이다.

근혜 양이었다. 당시 앞좌석의 운전수 얼굴이 뭔가 불만스럽고 경직되어 있어 의아했었는데, 나중에 그 여학생이 박정희 대통령의 큰딸 박근혜라는 사실을 알고서야 운전수가 보안이나 경호 문제로 그런 표정을 지었으리라 추측할 수 있었다. 나는 이런저런 대화를 나누고 수업을 진행하고 차를 얻어타는 그 순간까지도 그 여학생이 박정희 대통령의 딸이라는 것은 전혀 몰랐다. 어떤 돈 있는 재벌이나 그런 사람들의 자녀라고 생각했던 것이다.

지금까지도 궁금한 점은 있다. 박근혜 대통령은 왜 여자들이 흔히 선택하지 않는 학문이자 공과 중에서도 어려운 전자공학을 전공으로 택했을까. 그 부분에 대해서는 한 번도 이야기를 나눠본 적이 없으므로 정확히 알 수 없다. 내 추측으로는 아마 박정희 대통령의 지론에 따른 듯하다. 후에 언급하겠지만 박정희 대통령과 몇 번 만남을 가지면서 대통령의 신념 중 하나가 공업 입국이었다는 것을 알게 되었다. 박근혜 대통령도 늘 아버지에게서 그런 이야기를 들었을 것이고, 그런 맥락에서 자신도 전자공학을 공부해 국가에 공헌하겠다는 마음을 갖고 입학하지 않았을까 하는 생각을 한다.

청와대 만찬에 다녀오다 :

집에 와서 큰형님한테 차를 얻어 탄 이야기를 했더니 형님은 그 학생의 이름을 듣고 박근혜 양이 대통령의 딸이라는 걸 알고 노하시며 나의 눈치 없음을 탓하셨다. "당 간부들도 대통령과 단독으로 하는 식사를 하는 적이 없고 대여섯 명이 같이 가서 저녁 국수 하나 하는 것도 큰 영광으로 생각하는데, 국가 원수가 초청하는 만찬을 한전 부사장과의 선약 때문에 거절을 해? 너 같은 놈은 평생 샌님처럼 대학에서 가르치면서 당장 내일 미국으로 들어가는 것이 낫다"라고 꾸지람하셨다. 나는 무안하기도 하고 놀랍기도 하여 형님의 꾸지람을 그저 듣고 있을 수밖에 없었다.

그리고 일주일 후 박근혜 양이 다시 찾아와 토요일 저녁 약속을 청하길래 흔쾌히 응했다. 시간은 토요일 저녁 6시였다. 홍은동 옆에

누동궁(현재 스위스 그랜드 호텔 자리) 골목에서 50미터 정도 내려오면 백년 주유소라는 주유소가 있었다. 그곳으로 5시 30분까지 오라는 연락을 청와대로부터 받았고, 5시 20분쯤 가니 벌써 차가 와 있었다. 그 차를 타고 대통령 관저로 들어가 저녁을 먹었다. 그날은 박정희 대통령을 보지 못했고 영부인만 만났다.

영부인께서 말씀하시기를 "호남 고속도로가 대전에서 이리까지 개통돼서 근혜 아버지가 별안간 그 개통식에 나가셨는데, 교수님 오시면 잘 대접해드리라고 신신당부를 하셨습니다"라고 했다. 그 이야기를 듣고 놀랍기도 하고 죄송한 마음이 들었다. 영부인과 박근혜 양, 나까지 셋이 저녁을 함께하면서 이런저런 이야기를 나누었는데, 한 가지 기억이 나는 것은 대통령 부인 육영수 여사가 무척 서민적이었다는 것이다. 한마디로 대통령 부인이라는 티를 전혀 내지 않았다. 보통 사람 같으면 '대통령께서, 각하께서'라고 지칭할 텐데, 그런 내색 없이 '근혜 아버지'라고 부르는 것이 일부러 그러는 게 아니라 몸에 배어 있는 걸 보면서 정숙한 분이라는 생각을 했다.

그리고 인상에 남은 것은 청와대가 일본 총독부가 지은 오래된 건물이기 때문에 대통령 관저로서는 협소하고 낡은 느낌이었다는 점이다. 영부인께서 "청와대 본관 뒤에 조그만 샘물이 있는데, 근혜 아버지는 아침마다 물지게를 지고 나가서 거기서 물을 떠 꼭 손수 나릅니다"라고 말씀하시기에, "비서가 있을 텐데 물 좀 떠다놓으라고 하시면 되지 않겠습니까?"라고 했더니 "그것만은 절대로 안 된다고 그 양반은 그렇게 이야기합니다. 겨울에도 빙판에서 지게를 지고 해서 한 바탕 미끄러져 넘어질 뻔하신 일도 있고"라고 이야기하며 웃으셨다.

그만큼 대통령이나 대통령 부인이 자신들이 국가원수 내외라는 인상을 조금도 주지 않았고, 식사는 편안했다. 헤어질 때 영부인은 "근혜를 교수님이 맡아주셔서 대단히 감사합니다"라며 인사를 했다.

: 정소영 박사와 300달러

그렇게 청와대와 인연을 맺었고, 서강대에서 강의를 한 지 벌써 한 학기가 지나 나는 미국으로 돌아갈 채비를 하고 있었다. 그러던 차에 청와대 경제수석 비서관실에서 전화가 왔다. 경제수석이 내일 아침 10시에 나를 만나고 싶어한다는 이야기였다. 나는 승낙을 하고 이튿날 아침 청와대 청사 경제과학수석 비서관실을 방문했다.

수석이 나를 보고 하는 말이, 윗분의 의향에 따라 내가 미국 일을 정리하고 귀국한다면 연구직이나 행정직, 교수직, 관리직 중에 무엇을 원하는지를 듣고 싶다는 거였다.

그런데 나는 비서관실에 들어가면서부터 그의 얼굴이 낯익다는 인상을 받았다. 내가 보잉에 취직해 근무하고 있을 때, 정소영 박사는 워싱턴 대학 경제학과에서 박사학위를 하고 있던 학생이었다. 정 수석도 나를 알 텐데 모른 척하는 듯했다. 내가 먼저 "워싱턴 대학에서 공부하던 학생 아니오?"라고 물어볼 수도 없어 그냥 가만히 앉아 있었더니, 그는 자신의 뜻이 아니라 윗분의 뜻이라면서 미국에서 돌아오면 내가 무엇을 하고 싶은지 물었다.

나는 그의 말이 영 신통치 않았다. 그럴 만한 이유가 있었다. 보잉에서 근무할 때 정 박사가 곧 귀국한다는 사실을 알고는, 고국에서 궁핍하게 지내고 있을 내 아내에게 300달러를 전달해줄 수 있겠느냐고 부탁했었다. 정 박사는 별문제 아니라며 자신이 환전까지 해서 돈을 전달하겠노라고 약속했다. 나는 고마운 마음에 정 박사가 박사학위를 취득했을 때 어려운 공부 끝에 학위를 취득한 것을 경사스럽게 생각한다고 축사를 했다.

정 박사가 귀국한 후 아내에게 편지를 써 그를 통해 300달러를 보냈으니 받으라고 이야기를 했는데, 예정한 날이 몇 주가 지나도 돈을 받았다는 소식이 들리지가 않았다. 한 달을 넘겨 두 달이 되어도 기미가 보이지 않자, 정 박사의 부친이 대구에서 큰 병원을 한다고 들었으니 그곳에 가서 사정을 이야기해보라고 말했다. 그래서 아내가 어린 자식의 손을 잡고 대구까지 가 수소문 끝에 정 박사의 부친을 만났는데, 편지에 따르면 부친은 아주 난색을 표하면서 자식 문제이니 본인이 어찌할 노리가 없다는 투의 대꾸를 했다는 것이었다.

그러자 아내는 직접 만나 해결하겠다며 정 박사가 서울에 산다기에 서울 집 주소를 알려달라고 해 간신히 주소를 받아내서는 세 번이나 그곳에 찾아갔다. 두 번은 외출이니 바쁘니 해서 만나지 못했다. 세 번째 방문 때에는 정 박사의 누이동생이라는 여대생이 나오길래 이런저런 이야기를 했는데, 이야기 중에 마침 그 여대생이 자기가 아내의 숙명여대 후배가 된다는 걸 알고는 태도가 바뀌어 오빠에게 꼭 이야기를 전하겠다고 해 결국 정 박사를 만났다.

그 이튿날 비로소 정 박사와 대면해 이야기를 하자 정 박사 말이 귀국하면서 뭘 사느라 300달러를 써버렸고, 취직을 하면 언젠가 갚겠다는 변명을 늘어놓았다고 한다. 그리고 내가 서울에 오면 당사자끼리 해결하겠다며 우물쭈물했다고 해, 나는 아내에게 더 이상 그곳에 절대 찾아가지 말라고 한 적이 있다.

그런 무책임한 사람이 청와대에서 높은 자리를 차지하고 있다는 걸 알고 나는 이 세상이 참 이상하다는 생각을 했다. 물론 300달러는 아직도 받지 못했다. 가난한 유학생이 이런저런 사정 끝에 돈을 써서 갚질 못했다면 이해할 수 있다. 그러나 대외 갑부에 부친이 큰 병원을 하고 본인도 아파트에 커다란 방을 가지고 호화롭게 사는 사람이 그런 짓을 하고, 또 기왕 만난 자리에서 전혀 그 일에 대해 언급

조차 하지 않는 것에 나는 무척 기분이 상했다. 그래서 나는 더 이상 이야기하고 싶지 않아, 그러한 제의에 별로 흥미가 없고 비행기 스케줄이 바빠 돌아가겠다고 말하고는 그 자리에서 나왔다.

당시에는 정 박사에 대한 서운한 감정이 있었지만 세월이 흘러 그때를 되돌아보니 사회 환경이 어렵고 급변하던 시절, 내가 이해하기 어려운 사정도 있었으리라 짐작된다. 모든 일은 상대적이다. 당시 화가 났던 나도 상대방을 먼저 탓하기보다 조금 더 세심히 상황을 파악했더라면 하는 아쉬움이 있다.

| 9장 |

JPL 연구소와 국방과학연구소 재직

박정희 대통령과의 첫 만남

1973년 미국으로 돌아온 나는 버지니아 공대에 사직서를 냈다. 나는 당시 대학에서 연구하는 것보다 우주 항공개발 시대에 걸맞은 PAL 연구에 흥미를 가지고 있었다. 그때 PAL 연구의 본산이 캘리포니아 로스앤젤레스 패서디나에 위치한 JPL 연구소였다. JPL 연구소는 주로 우주 개척을 담당하는 규모 있는 연구소였고 NASA 소속이었다. 행정적으로 캘리포니아 공대 근처에 있고 운영과 연구를 캘리포니아 공대가 위탁받고 있었지만, 실질적인 운영 주체는 NASA였다.

그곳에 근무하는 사람 중에 버트만이라는 친구가 있었다. 그분은 IEEE 통신이론 분과위원회 위원으로 오랫동안 교류한 사람인지라, JPL 연구소에 자리가 나면 알려달라고 미리 이야기를 해두었다.

곧 좋은 소식이 있을 거라는 말을 듣고 기다리는 동안 마그나박스라고 하는 곳에서 고문과 같은 역할을 맡아 잠시 근무했다. 그러다가 버트만 박사에게 연락을 받고 캘리포니아 공대 JPL 연구소에 가서 PAL 연구를 시작했다.

그러던 중에 1974년 7월 말에서 8월 초에 걸쳐 재미 한국 과학청과 한국 과학자와의 합동 연구회가 열렸다. 주최 측에서 왕복여비 및 경비 일체를 대며 나에게 통신 분야 회의에 참석해 총체적인 지휘를 맡아달라는 부탁을 했다. 이에 응해 잠시 귀국하기로 하자 제자 박근혜 양이 생각났다. 청와대로 편지를 보내 한미 과학자 합동 연구 발표회가 KIST에서 있으니 그곳에서 기회가 닿으면 만나자는 제안을 했는데 답장은 오지 않았지만, 귀국을 하자 청와대에서 연락이 왔다. 미국으로 돌아가기 전에 청와대에서 저녁을 함께하자는 제안이었고, 비서가 이번에는 대통령이 참석하실 거라고 귀띔을 해주었다.

나는 응하지 않을 이유가 없었다. 만찬 약속은 1974년 8월 14일이었다. 5시 30분쯤 도착하니 6시까지 대기실에서 기다리라고 해서 기다렸다. 6시가 좀 넘자 비서가 들어와 대통령이 강의 중이라 조금 늦는다는 전갈을 전했다. 비서가 나갔다가 다시 돌아와 각하가 들어오시니 나오라는 말을 했다.

나가서 식당 입구에 서 있으니 대통령께서 허겁지겁 걸어나오시면서 "이만영 교수, 대단히 미안해요. 강의가 늦어가지고 얼른 끝내

려고 했는데 정 안 되어서 내가 약속을 어겼습니다. 15분이나 늦었는데 어떻게 하죠?"라며 시계를 보셨다. 그 시계는 분명 외제가 아닌 국산인 듯했고 시계 외피가 닳고 닳아 원래 흰색이었을 표면이 누렇게 변색되어 있었다. 거기에 양복 소매 끝은 오래되고 낡아 떨어져 있었다. 일국의 대통령이 참 검소하다는 생각이 들었다.

식당에 들어가서 식사를 했는데, 내가 강의를 하면서 "양식이 입맛에 맞지 않는다"라고 한 것을 박근혜 양이 전했던 것인지 식사 또한 내 입맛에 어울리는 조촐한 식사가 준비되어 있었다. 박근혜 양은 보이지 않았다. 대통령은 원래 성격이 그러하신지 몰라도 조심스러운 태도였고, 이런저런 질문을 던지기보다는 주로 영부인이 주도하는 대화를 듣는 모양새였다. 중간에 영부인이 비서관을 불러 내일 8·15 경축식이 끝나고 있을 연회에 나를 초청했는지 확인했고, 초청하지 않았다고 하자 바로 초청장을 보내 내가 연회에 참여할 수 있도록 배려를 해주신 게 기억난다.

나는 8시가 조금 넘어 그 자리에서 물러나 숙소로 돌아왔다. 분명 대통령 내외분을 모시고 최후의 만찬을 한 사람은 나였을 것이다. 왜냐하면 바로 이튿날 1974년 8월 15일 경축행사 중 재일교포가 쏜 총에 영부인이 피살당하는 사건이 벌어졌기 때문이다. 나는 비통한 마음에 분향소에 가 이름을 쓰고 헌화를 한 후 미국으로 돌아갔다. 이후 박근혜 양이 나에게 편지를 보내 어머니 상서에 대해 내가 조문

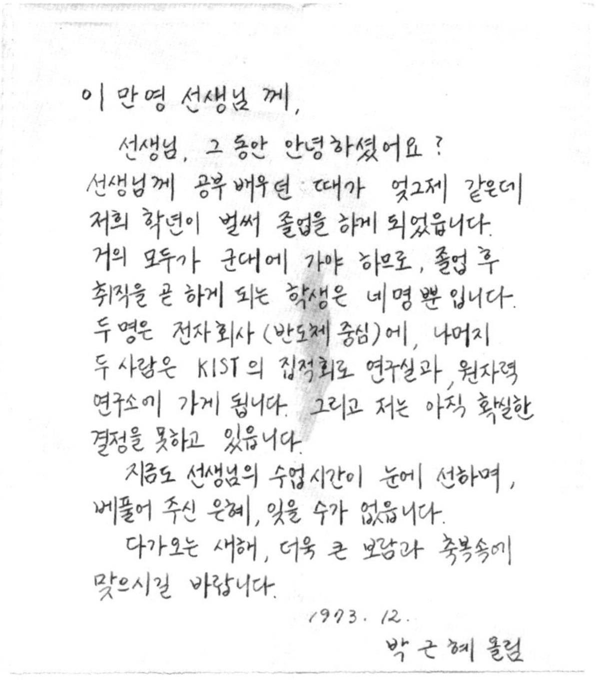

이 만영 선생님 께,

선생님, 그 동안 안녕하셨어요?
선생님께 공부 배우던 때가 엊그제 같은데
저희 학년이 벌써 졸업을 하게 되었읍니다.
거의 모두가 군대에 가야 하므로, 졸업 후
취직을 곧 하게 되는 학생은 네명 뿐 입니다.
두 명은 전자회사 (반도체 중심)에, 나머지
두 사람은 KIST의 집적회로 연구실과, 원자력
연구소에 가게 됩니다. 그리고 저는 아직 확실한
결정을 못하고 있읍니다.

지금도 선생님의 수업 시간이 눈에 선하며,
베풀어 주신 은혜, 잊을 수가 없읍니다.

다가오는 새해, 더욱 큰 보람과 축복속에
맞으시길 바랍니다.

1973. 12.

박 근혜 올림

서강대 강의를 마치고 미국으로 돌아간 후 박근혜 대통령이 보내온 편지.

영구 귀국 후 서울 공대 동문들이 열어준 환영회.

과 위로를 해준 것이 고맙다는 이야기를 했다.

그렇게 이어지던 청와대와의 인연은 이후 한층 깊어지게 된다. 미국에 있던 나는 대사관을 통해 귀국해 국가에 봉사할 의향이 없는지에 관한 질문을 여러 차례 받았고, 국방과학연구소의 고위급 간부 네 사람이 나를 방문해 윗분의 부탁이라며 귀국을 청하는 일도 있었다. 그러한 청탁에 마음이 움직여 결국 나는 한국으로 영구 귀국하기로 마음을 먹었다.

: 890사업에 참여하다

한국으로 다시 돌아온 것은 1975년 5월이었다. 내가 맡은 역할은 국방과학연구소, 약칭 ADD라고 하는 무기개발연구소의 부소장이었다. 당시 국방과학연구소는 재래식 무기를 개발하는 부서와, 소위 890사업이라는 유도탄 개발사업 두 부문으로 나눌 수 있었다. 국가가 내게 맡긴 것이 유도탄 개발 부문이었다. 부임하기 전 대통령 각하가 내게 강조했던 것은 자주국방이었다. 그리고 자주국방의 일환으로 수원에서 쏘면 남으로는 제주도, 북으로는 신의주까지 날아가는 지대지유도탄을 개발할 것을 당부하셨다. 부임 이후 청와대에 인사를 드리러 가자, 서종철 국방부 장관도 있는 자리에서 내가 맡은 지대지유도탄 개발을 잘 지원해달라고 대통령이 독려하셨던 기억도 난다.

박정희 대통령이 국방과학연구소에 내린 친필 액자.

국방과학연구소에서 회의하는 모습. 좌측이 심문택 소장.

자주국방에 대한 대통령의 의지는 확고했다. 연구원들은 관세 면제 혜택을 받았고, 대통령은 1년에 두세 번은 꼭 연구동을 찾아 연구원들을 격려했다. 대통령이 방문할 때는 군 수뇌부인 국방부 장관을 필두로 노재현 합참의장, 이재호 육군참모총장, 주영복 공군참모총장, 황정연 해군참모총장 등이 대기하다가 대통령을 영접했다. 대통령은 과묵하신 분이었기에 주로 들으며 중요한 것만 지적을 했고, 보고에 대한 질문은 오원철 경제수석이 대신하곤 했다.

통신과 관련된 학문에 매진했던 나는 당연하게도 유도탄 개발에 대한 지식이 없었다. 또 국방과학연구소를 창립한 것이 1970년 초였기 때문에 1975년이면 생긴 지 5년 정도밖에 안 된 상황이어서, 당장 유도탄을 만들어낼 여건이 되지는 못했다. 그 5년 동안 유도탄의 종류라든지 각국에서 어떠한 것을 개발하고 있는지에 대한 현황을 그곳 연구원들이 나름의 노력으로 조사해 나보다는 잘 알고 있었다. 물론 구체적인 유도탄 설계 등에 관한 지식은 아직 없었다.

나는 연구소에서 890사업의 단장이 되었다. 윤용재 중령이 행정실장이었고 내 밑에 7명의 책임급 부장이 있었다. 이경서, 강인구, 홍재학, 최호연, 목영일, 구상회, 박헌서였는데, 그들은 모두 박사로 해군과 공군의 고급 장교 4명과 민간인 박사 3명이었다. 군인들은 군에서 구미에 파견해 외국에서 박사학위를 받고 온 아주 훌륭한 인재들이었다.

이경서 박사는 종합 조정, 강인구 박사는 지상 장비, 홍재학 박사는 풍동 및 비행체에 대한 연구 책임을 맡고 있었다. 그리고 최호연 박사는 유도 조준 장치를 담당했고 목영일 박사는 추진 기관, 구상회 박사는 시험 평가 단장이었다. 또 박헌서 박사는 컴퓨터에 대한 연구를 담당하고 있었다.

890사업은 쉽지 않았다. 무기 개발에 일절 지식이 없는 내가 대통령 지시 하나로 부소장이라는 자리에 앉은 까닭도 있겠지만, 책임 부장들이 나를 그다지 상관으로 취급해주지 않았다. 앞서 말했듯 이경서 부장은 전체적인 업무를 관할하는 수석 부장 격이었지만, 연구소의 현 상태나 연구 진행 상황 등에 대해 일절 나에게 말해주지 않았다. 그리고 부장들은 일 때문에 출장이 잦았는데 나에게 출장을 간다고 보고하는 사람이 없었다. 실질적인 결정 권한은 연구소의 심문택 소장이 쥐고 있었고, 중간에서 나는 이도저도 아닌 입장이 되기 일쑤였다. 물론 소장 역시 나를 불러 부소장으로 예우하며 이런저런 상의를 한 적이 없었다.

지금 생각해보면 심문택 소장은 부장들을 관사로 불러 저녁 파티도 하는 등 여러 방면으로 사람들과 친교를 쌓았던 것 같다. 그러나 나는 일생을 학자로 지내면서 그러한 인간관계 쌓기나 한국 특유의 문화에 대해서는 전혀 몰랐기에, 그런 접근은 전혀 염두에 두고 있지 않았다.

유도탄 개발 :

나의 사정은 사정이고 연구는 계속 되어야 했다. 890사업이 진행되기 위해서는 우선 미사일을 실험할 수 있는 기지가 필요했다. 몇몇 부장들이 팀을 조직해 서해안을 조사한 끝에 대전시 유성에서 조치원 쪽으로 조금 간 곳에 완전히 원형으로 된 분지 지형을 발견했다.

그곳에서는 강씨 성을 가진 사람들 20여 가구가 마을을 이루어 살고 있었다. 연구소 입장에서는 그 지역이 필요했기에 이전 비용 등을 넉넉히 지불할 테니 마을을 비워달라는 요청을 했다. 그런데 일부 주민들이 완강히 반대를 했다. 조상 대대로 살던 땅이고 조상의 묘까지 모두 그곳에 있어 옮길 수가 없다는 입장이었다. 그때 강인구 박사가 강씨라는 이유로 설득 작업에 나섰다. 본인도 강씨인데 국가 사업이니 문중에서 좋게 해결해주기를 바란다고 부탁하자, 마을 사람들이 갈고리와 도끼 등을 들고 나와 같은 강가라는 놈이 그런 소리를 한다며 쫓아냈던 일화도 있다. 그런 우여곡절 끝에 소장을 만나 더욱 좋은 조건으로 보상해주고 산소도 이장해주고 그곳에 하나 있는 비각도 다 이전해주자고 이야기가 되어, 그제야 강씨 주민들이 납득을 하고 이사를 갔다.

그곳에 국방과학연구소 연구동을 짓기로 결정이 났지만 군사시설인 만큼 유도탄 기지 연구소라는 현판을 내걸 수 없었기에 '대전기계창'이라고 이름을 붙였다. 입구 안쪽에 2개 중대가 주둔할 수 있는 막사를 지었고, 더 안쪽으로는 미혼 연구원 주거동과 기혼 연구원 주거동을 하나씩 만들기로 했다. 또 유도탄 지지대와 Y형의 연구동, 고위 간부들이 기거할 수 있는 영빈관, 수백 명이 함께 식사할 수 있는 식당도 설계했다. 더불어 생화학무기나 고체연료 추진제의 파괴력을 시험하는 장치, 더 나아가 원자력무기 실험 장비까지 설치해야 하는 게 아니냐는 의견까지 나왔지만 실행되지는 않았다. 이것은 미군의 협의 없이 진행된 사업이었기에 인근 JUSMAG-K라는 미8군 공군단의 헬기가 하루에도 네다섯 번씩 공사장을 배회했던 생각이 난다.

대전기계창은 설계가 끝나 공사에 들어갔지만, 또 유도탄을 쏠 수 있는 발사대를 만들어야 했다. 그래서 찾아낸 장소가 태안반도였다. 태안반도는 땅이 대체로 습지라서 미사일 발사대로 최적의 장소는 아니었지만 암반 위에 만들면 가능하겠다는 판단하에 구상회 박사가 단장이 되어 태안반도에 유도탄 발사 기지를 건설했다. 나는 그것이 완성되기 전에 연구소를 떠나 태안 기지에 대해 이후의 과정은 알지 못한다.

국방과학연구소에서 가장 큰 고민 중 하나가 비용 문제였다. 장비를 만드는 비용이 워낙 막대해 늘 어려움을 겪다가 회의를 거듭한 끝에 우리가 원하는 장비들을 제법 갖추고 있는 록히드추진기관사 LPC라는 이름의 로스앤젤레스 근교 오렌지카운티에 있는 공장을 샀다. 100만 달러 정도의 가격으로 샀던 것으로 기억한다. 강인구 박사 등이 미국에 파견되어 그 공장에서 반년 동안 해체 작업을 한 끝에 필요한 것들만 한국으로 가져와 대전기계창에 배치를 했다.

그러나 이런 과정 속에서도 우리는 유도탄 설계에 대해서는 알 수가 없었다. 나는 미사일 한 기를 직접 분해해보면 대략의 설계를 알 수 있지 않을까 싶어, 인연이 있는 군 간부를 찾아가 미사일 한 기를 연구소 쪽으로 돌려줄 수 있겠냐는 부탁을 한 적도 있다. 당연히 군 간부는 그런 사실이 발각될 경우 엄청난 일이 벌어질 것이라며 완강하게 거절했다. 지금 생각해보면 그런 터무니없는 요구를 했던 나 자신이 그때만 해도 참 젊었었구나 하는 생각이 든다.

그러던 와중에 국내에 도입된 유도탄 중 하나에 불량이 생겨 연구소가 분해해볼 수 있는 기회가 주어졌다. 받아들이지 않을 이유가 없었다. 그런데 막상 유도탄을 가져와보니 유도탄 동체를 도무지 열어볼 방법이 없었다. 동체가 특수강이기 때문에 톱으로는 절대 썰 수도 없고 톱질한 곳을 다시 용접할 수도 없었다. 그 기술을 배우기 위해서 LA의 어떤 회사와 접촉해 계약을 하고 기술자를 미국으로 보내려고 하니 미군에서 반대를 했다. 그 부대의 지휘관은 제너럴 스트레이트라는 육군 소장이었다. 그는 미국 육군사관학교 출신이 아니라 캘리포니아 공대 출신이라 더욱 기억에 남는다. 그와 나는 가끔 용산에서 점심을 같이할 정도로 친한 사이였지만, 그 문제에 있어서만큼은 늘 일언지하에 거절했다. 그러나 그와의 인간적인 관계나 그가 요직의 인사로서 나를 대우해준 인연은 잊지 않고 있다.

결국 나는 미국에 기술자를 파견하는 건 포기하고 다른 쪽으로 알아본 결과, 프랑스의 보르도라는 지역에서 특수강을 용접하는 기술 공장을 찾았다. 그래서 교섭에 들어갔는데 그쪽에서는 우리가 아무것도 모르고 무조건 배워야 하는 입장인 걸 눈치채고 터무니없는 금액을 제시했다. 하지만 계약을 하지 않을 수가 없었다.

목영일 박사가 단장이 되어 연구원 20여 명과 함께 보르도로 파견되었다. 2~3주 후 나는 진행 상황이 궁금해 견딜 수가 없어 홍재학 박사와 같이 프랑스로 건너갔다. 파리에 도착한 후 경비행기를 타고 남쪽으로 한참 내려가 보르도에 도착했다. 목영일 박사가 우리를

제너럴 스트레이트 소장과 함께.

제너럴 스트레이트 소장이 본국으로 돌아가면서 증정한 기념패.

맞이하며 프랑스 사람들이 참 자존심이 세다는 이야기로 농을 했다. 영어를 알아도 대답을 안 하고 프랑스어만 쓰니 음식 주문도 제대로 하지 못해, 수프 하나를 시켜도 아무거나 찍어 시키다보니 도저히 못 먹을 음식도 많이 봤다고 했다. 웃으며 넘어갔지만 당시 프랑스로 파견된 연구원들은 고생을 많이 했을 것이다. 나와 홍재학 박사는 이틀간 그곳에 머무르며 연구원들을 격려한 후 귀국했다.

연구소를 떠나다

그러던 어느 날, 국방부 장관의 비서실장에게서 전화가 걸려왔다. 국방부 장관이 돌아오는 토요일에 나를 만나고 싶어한다는 통보였다. 이에 응해 토요일에 한남동 국방부 장관 공관으로 나가 장관을 만났다. 장관이 하는 말이 소장과 부소장 간의 불협화음이 있어 자신의 입장이 난처하니 어떻게 풀었으면 좋겠냐는 것이었다.

나는 그동안의 고충을 솔직하게 털어놓았다. 앞서 말했듯이 소장이 부소장과 어떤 문제를 제대로 상의한 적도 없고, 아래에 있는 부장들은 직속상관인 나에게 출장 등에 대해 보고를 하지도 않고 마음대로 행동하고 있어 실상 내 입장은 허수아비나 다름없었다. 그렇기에 나는 사실 소장과 불화하거나 소장의 말을 듣지 않고 하극상을 할 일 자체가 없었다. 그런 상황에서 나는 국방과학연구소에서 거의 마음이 떠나 있기 때문에 사임해도 상관없다는 투의 이야기를 국방부 장관에게 건넸다.

이후로 이경서 박사가 주동이 되어 부장들은 예전보다 더 내게 등을 돌려 이제는 아예 나와 담을 쌓는 눈치였다. 국방부 장관과 면담까지 하고 부장들마저 완전히 돌아서자 나는 다시 청와대와 박근혜 양 생각이 났다. 나는 행정실장을 통해 박근혜 양을 만나고 싶다는 의사를 전하게 했고, 금방 허락이 나서 청와대에 들어갈 수 있었다. 그곳에서 1시간 동안 박근혜 양과 면담을 했는데, 처음에는 요점을 말하지 못하고 서강대에서 강의하던 사담 등을 늘어놓다가, 말미에 이르러서야 내가 국방부 장관에게 경고를 받았고 나는 국방과학연구소를 떠나도 무방하다는 말을 했다. 그 말을 듣고 박근혜 양은 아버지가 특별히 나를 이곳에서 일하게 했는데 부임 1년 만에 그만둔다는 것은 안 될 일이라며 좀 더 알아보고 아버지와의 만남도 주선해보겠다는 말로 나를 위로했다.

그러고 나서 얼마 지나지 않아 다시 청와대에서 연락이 와 직접 대통령을 만났다. 나는 사고무친이라 연구소에서 혼자 일하기가 무척 어렵고, 학교로 돌아가 강의에 매진하고 싶다는 의사를 말씀드렸다. 대통령은 자주국방의 대의를 잊지 말라고 당부하면서도 그런 사정을 몰랐다면서 조치를 취해볼 테니 그때까지 근무해보라고 격려의 말씀을 하셨다.

대통령이 내 뜻을 어떻게 받아들이셨던 것인지, 그 후에 갑자기 국방과학연구소에 감사원 직원 20여 명이 들이닥쳐서 2~3주 동안이나 감사를 했다. 그때 정말 불쾌했던 것은 윤홍제 실장이 나에 대해 전혀 없는 말을 지어내어 보고를 했다는 점이다. 그 보고라는 건 내가 다른 부소장들보다 기밀비를 더 쓰면서 방탕한 생활을 했다는 것이다. 어처구니없는 일이다. 나는 그저 학자로 술과 여자, 유흥을 모르고 휴일에는 들어앉아 책을 읽으며 소일한다. 생활이 풍족하지 않아 가족을 데리고 나가 외식 한 번 한 적이 없다. 내가 출장을 가도 출장비 외에는 한 푼도 가져가지 않고 돈이 남으면 그대로 가져와 반납한다는 건 연구소에 있는 누구나 알고 있는 사실이었다. 연구소에 재직할 때 큰아들이 아킬레스 건이 끊어지는 사고를 당한 적도 있는데, 그때도 연구소 조합에서 대출을 받아 병원비를 내고 그 빚을 매달 월급에서 차압당하며 상당한 고통을 겪은 일도 있다. 그런 내가 단지 인맥이 없다는 이유로 기밀비를 방만하게 썼다는 소문이 돌고 아무도 나를 보호해주지 않아 무척 서글펐고 세상이 싫어질 지경이었다.

이런 과정 속에서 마침내 국방과학연구소를 떠나는 날이 찾아왔다. 청와대에서 오원철 경제수석이 나를 찾아와 대통령이 우리나라 통신을 전자식으로 개선하는 것에 큰 관심이 있어 이와 관련한 회사를 만들 계획이 있으니 그 회사의 초대 사장이 되면 어떻겠냐고 제안해온 것이다.

당시 우리나라는 체신부에서 국산 기계식 교환기를 납품받아 통신을 하고 있었다. 외국에서 전자식을 쓰니 우리도 교체를 해야겠지만, 외국에서 노하우를 가져오기보다는 국내에서 자체 개발해야 기술 습득이 견고해진다는 보고를 매년 대통령에게 하는 상황이었다. 매년 똑같은 보고에 진노한 대통령이 당장 정부에서 100% 투자하는 통신 관련 공사를 만들어 통신수단을 개선할 것을 지시했다. 그리고 그 공사의 사장으로 내가 거론된 모양이었다.

하지만 덜컥 그런 제안을 받으니 처음에는 자신이 없었다. 통신 분과는 내 전문이긴 하나 회사 경영이라는 건 인사 관리와 재무 관리에도 능력이 있어야 하는 게 아닌가. 그래서 하루의 말미를 달라고 하고 다음 날 다시 만나 여전히 자신이 없다는 말을 하자 오원철 수석이 웃었다. 남들은 그 큰 사업을 못 맡아서 안달인데 시켜줘도 못한다는 내 담이 작다는 것이었다. 그러면서 사장이 정 어려우면 한국전자기술연구소의 소장 자리도 있다고 하여, 나는 기업보다는 연구소가 마음에 든다고 답을 했다. 그러나 오원철 수석은 큰 사업을 하는 게 사내로서 야망 있는 일이지 겨우 연구원 수십 명을 거느리는 연구소 소장을 해서야 되겠느냐며 나를 닦달해, 나는 1977년 2월 28일부로 국방과학연구소를 떠나 기업의 사장을 맡기로 결정했다. 그 기업이 한국전자통신이다.

| 10장 |

한국전자통신 건설 과정과 삼성과의 인연

: 기종 선정

한국전자통신 사장으로 부임한 후, 회사와 나의 첫 번째 목표는 역시 전자식 교환기 개발이었다. 그러나 당장 우리 기술만으로 교환기를 만들어낼 상황은 아니었다. 외국 사업자를 선정해 국내에 들여와 공장을 짓고 가능한 부품은 국내에서 생산하는 식으로 교환기를 만들면서 점진적으로 완전한 국산화로 가기로 했다. 정부에서 전자식 교환기 개발과 관련해 나에게 준 시간은 1년 6개월 정도에 불과했다. 시간이 많지 않았다.

당시 한국에서 교환기 사업을 하고자 한 기업은 미국의 ITT, Western Electric, 독일의 지멘스, 일본의 후지쯔 등이었다. 이 중에 어떤 기업을 선정할 것인가를 놓고 경제부 장관, 체신부 장관, 산업은행 총재 등과 함께 매주 토요일마다 회의를 했다. 그렇게 2~3개월을 해도 결론이 나지 않고 왈가왈부하다가 매번 "요다음 토요일에 만납시다" 하고 헤어지기 일쑤였다.

여기에 지친 나는 회의가 3개월째에 접어든 어느 날 관료들에게 이렇게 말했다.

"여기 높은 분들이 계시지만, 현장에서 공장을 짓고 교환기를 조립이든 생산이든 해서 전화국에 설치하는 것은 현업에 있는 사장 이만영이지 장관님들이 아니시죠. 1년 반 안에 부지를 마련하고 공장을 설치하고 기계를 발주한 다음 기술자를 모집하고 훈련까지 시켜 기계를 만들어내야 하는데, 제가 손오공도 아니고 그걸 어떻게 하겠습니까? 저는 하루가 바쁜데 장관들께서는 이번에도 결말이 안 났으니 요다음 토요일에 만나서 이야기합시다, 하면서 매번 이렇게 마무리하시면 나중에 그 책임에 대해서는 분명 이야기가 있어야 할 것 같습니다. 자리에 연연해 하는 말이 아닙니다. 저는 솔직히 오늘 사장 자리를 내놔도 괜찮습니다."

그제야 회의를 주재하던 장관들이 내 마음을 알고 내주까지 결말은 못 내도 구체적인 방안까지는 서로 논의하자며 그것에 대한 준비를 당부하고 회의를 끝냈다. 비로소 다음 회의가 되어서야 업체 선정의 기준 등에 대한 실질적인 논의가 오가기 시작했다.

그 자리에서 나온 바로 체신부는 일본의 후지쯔를 선호하고 있었다. 우선 거리가 가까우니 기술자를 파견해 훈련을 받는 것이 쉽고 전반적인 비용이 저렴했기 때문이었다. 하지만 내 생각은 달랐다. 사실 나는 장관 회의와는 별개로 내 나름대로 어떤 업체를 선정할 것인가 조사를 하고 있었다.

나는 직설적으로 이 모든 사업에서 실패의 책임은 결국 내가 짊어져야 한다는 점을 강변하고, 현실 가능성에 초점을 맞춰 내 주장을 펼쳤다. 우선 Western Electric과 지멘스는 우리나라에서 사업을 반드시 하겠다는 의지가 보이지 않았다. 우리가 요구해 받은 보고서의 분량이 불과 A4지 4~5매 정도였다는 게 이를 반증했다.

나름의 열정을 보이며 달려든 건 ITT와 후지쯔였다. 내가 후지쯔에 대해 우려한 것은 후지쯔는 교환기를 만들어 실제로 판매해본 실적이 없다는 점이었다. 그들 역시 기술을 개발 중인 상황이었고 우리나라에서 공장을 만들게 된다면 이 공장이 그들의 첫 프로토타입이 되는 셈인데, 그러면 실패 확률 또한 높은 게 당연했다. 우리에게는 실험용으로 공장을 지어 실패도 감수할 만한 시간적 여유가 없었다. 이에 비해 ITT는 19만 회선을 생산해 판매한 실적이 있었고 실제 생산을 할 때 필요한 기계와 인원, 여러 부속 기술, 공장 부지의 규모 등에 대해 실질적이고 구체적인 데이터를 책 한 권 분량으로 가지고 있었다.

ITT와의 계약 체결.

가격과 편의성만으로 생각했다면 후지쯔로 선정했겠지만, 객관적으로 누가 봐도 성공 가능성은 ITT가 더 높았고, 고위 관료들은 스스로도 지나치게 회의를 길게 끌고 온 것에 책임 의식을 느껴 사업 성공에 대한 부담을 가지고 있었다. 결국 '어떻게 해야 성공할 것인가'에 초점이 맞춰지면서 내 주장대로 ITT를 사업자로 선정하게 되었다.

통신 설비 구축 :

ITT와 계약을 맺고 나서 나는 바로 채용공고를 냈다. 사실 그런 자리에 있으면 여러 기관에서 사람을 추천하는 전화를 많이 받는다. 나는 그런 청탁을 일절 무시하고 오직 공채로만 사람을 뽑는 것을 원칙으로 삼았다. 국가가 100% 투자한 공용회사이고 연간 49만 회선을 생산해 국가 통신의 가장 중요한 역할을 수행해야 할 사업이기에, 사람 한 명도 가볍게 뽑을 수 없는 일이었다. 공개 선발을 통해 전국에서 유능한 인재들을 많이 얻을 수 있었다. 물론 이러한 인재들도 교환기 생산을 위한 교육을 받아야 했기에 우선 연세대학교와 협조해 간단한 기초 영어회화를 가르치고 부서에 따라 교육기간을 2개월, 4개월, 6개월로 구분해 벨기에 앤트워프로 파견을 보냈다.

인재들이 교육을 받는 사이 경북 구미에 부지를 선정하고 공장을 지을 땅을 다듬었다. 마땅한 부지를 구하지 못해 지대가 불균형한 땅을 사는 바람에 트럭 20대를 동원해 낭떠러지를 메워 땅을 평평하게 하는 작업부터 시작해야 했다. 그리고 파견을 갔던 사람들이 속속 들어오면서 그들이 배워온 지식을 토대로 본격적으로 공장을 짓기 시작했다. 국방과학연구소에 있었던 김한근 씨가 설계와 건설에 대한 지식이 많아 데려와서 건설부장으로 앉히고, 구입한 부지 5만 평 중에 8천 평 규모의 1층까지 공장을 지었다.

공장이 반쯤 완성되었을 무렵 박정희 대통령이 '통신혁신의 요람'이라는 글귀를 친필로 써서 액자를 보냈다. 공장 진행 상황을 항상 사진 찍어 청와대에 보고하고 있었는데, 공장 건설이 순조롭게 이루어지고 있다는 점을 격려하기 위한 것으로 보인다.

이 시기를 돌이켜볼 때 내가 가장 고맙게 생각하는 건 미국에서 파견된 47명의 외국인 기술자가 공장 건설 내내 우리와 함께 머물며 건설 과정에 참여했다는 것이다. 보통의 회사였다면 4~5명 정도 파견하는 것만으로도 충분했을 터이다. 그러나 계약 관계에 대한 책임감에 헌신적인 봉사정신까지 더해 이 기술자들은 전력을 다해 우리 기술자들과 함께 일을 했다. 결과적으로 훌륭한 공장 완성에 큰 기여를 했는데, 이 점은 지금도 무척 감사하게 여기고 있다.

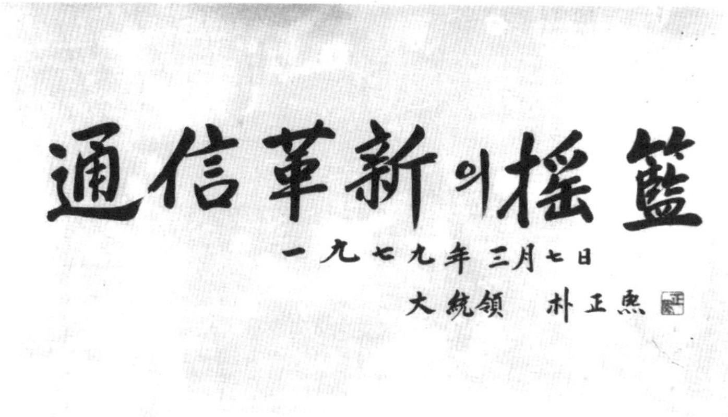

박정희 대통령이 한국전자통신 공장 건설 당시 내린 친필 액자.

한국전자통신 공장 앞 표지석.

공장 완성 후 부대시설로 기숙사와 휴게실, 회의실 등을 짓고 조경까지 신경 쓴 후 마침내 교환기 건설을 시작했다. 출발은 중요한 부품은 ITT에서 들여오고 다른 7개의 부품을 LG(당시 금성)나 두일화학, OPC(당시 동양 정밀), 삼성 등 국내 기업이 만드는 식으로 진행했다. 내 상상이긴 하지만, 졸지에 부품업체가 되어 정부의 지시에 따라 체계가 흔들리게 된 이 회사들도 입장이 난처했을 것이다. 그러나 당시에는 국가가 전자식 교환기를 만든다는 의지와 명분이 확고했기에 이러한 계획은 순조롭게 진행되었다.

한국전자통신 사장실에서.

삼성반도체통신의 CEO가 되다

공장이 완공되고 생산이 진행되던 시점에 나는 박정희 대통령을 만나, 1983년까지는 90% 이상 부품 국산화가 될 것이고 국내에서 만든 교환기를 문제없이 설치할 수준까지 된다면 ITT에서 들어오는 부품은 중단시키고 완전 국산화된 전자 교환기 생산을 추진하겠다고 보고했다. 대통령은 참 좋은 생각이라며 내 의견을 지지했다.

그런데 1979년 10월에 박정희 대통령이 시해되는 불행한 일이 벌어지면서 교환기 사업도 중도에 엉망이 되고 말았다. 그러면서 예정보다 빨리 한국전자통신의 민영화가 진행되었다. 당초 LG와 OPC가 이 사업을 받아 추진하는 것으로 약속되어 있었지만, OPC는 재정적인 어려움을 근거로 거부했고 LG는 10만 회선 이상의 대용량을 설치하는 대도시 중심의 사업을 펼치겠다는 이유로 받아들이지 않았다. 그래서 원래 계획에는 없었던 삼성이 이 사업을 인수했다. 지금의 통신사업에서 삼성이 차지하는 위치를 생각해보면 참 역사적인 선택이 아닐 수 없다.

사실 삼성은 당시만 해도 통신사업과는 큰 접점이 없었고, '센츄리100'이라는 구내 교환시설을 개발해 신라호텔에서 시험 가동을 하는 정도—그것도 아직 성공한 상태가 아니었다—였다. 그러나 어쨌든 교환기 사업에 발을 들여놓았다고 인정을 받아 단번에 인수까지 진행되었다.

이 과정에서 최각규 상공부 장관과 김준성 산업은행 총재가 나를 불러, 내가 거취를 옮길 것 없이 주요 인사를 20명 정도 추려 체제를 정비하고 그대로 삼성으로 가서 사장 역할을 하도록 권유했다. 사기업의 CEO는 이제까지 전혀 경험해보지 못한 일이기에 걱정이 앞섰다. 하지만 이를 거부할 마땅한 명분도 없었다. 나는 이 제안을 받아들여 삼성의 사장으로 근무하기 시작했다. 한국전자통신이 삼성으로 가면서 후에 삼성반도체통신이 되고, 이후 삼성반도체통신이 삼성전자에 합병되었다.

이병철 회장과의 일화들

삼성의 사장으로 근무하면서 여러 가지 일들이 있었지만 이 지면에서 모두 소개할 수는 없을 것이다. 여러 모로 부족한 나를 이끌어주면서 좋은 관계를 유지해왔던 이병철 회장과의 일화를 중심으로 몇몇 이야기만 남기고자 한다.

민영화가 되고 그리 많은 시간이 지나지 않았을 때였다. 하루는 이병철 회장이 인수한 회사에 시찰을 온다는 통보를 받았다. 이병철 회장과 함께 구미 공장으로 가서 2층 사장실로 들어갔다. '인재제일'이라는 액자와 '통신혁명의 요람'이라는 박정희 대통령의 시호를 붙여 놓은 것을 보고 회장이 웃으며 만족했던 것으로 기억한다.

이어 내 연혁을 포함해 공장의 건설 과정과 생산량, 보충이 필요한 부분 등에 대해 브리핑을 하자 회장은 한층 더 기뻐하는 모양이었다. 이병철 회장이 물었다.

"그래도 국영기업이니 튼튼하게 지었구먼. 사기업이면 블록을 쌓고 시멘트를 바르고 하는데, 여기는 그렇게 안 했나?"

나는 이렇게 답했다.

"그걸 알고 결로 관계 때문에 내부와 외부의 온도차가 나서 결로로 물이 떨어지면 좋지 않다고 해서, 설계도를 주고 사이즈를 맞추어 벽을 탱크처럼 두껍게 만들어 끼웠습니다. 결로는 전혀 생기지 않고 한 번 난방이 되면 식지 않고 겨울에 추울 때도 온도가 내려가지 않습니다. 돈은 들었지만 튼튼하게 지었습니다."

이병철 회장은 대단히 만족하는 눈치였다. 기분이 좋은지 점심식사를 같이하자며 대구까지 나를 데려갔다. 그대로 제일모직까지 들어가 식당에서 자기 옆에 나를 앉히고 여러 가지 이야기를 나누다가 헤어졌다. 이병철 회장이 구미 공장을 보고 상당히 흡족해했던 것은 분명했다.

당시 삼성은 삼성의 각 사장들이 모두 모이는 사장단 회의가 매주 월요일 근무 시간 이전에 있었다. 이병철 회장은 나오지 않았고 중공업을 담당하는 조우동 회장이 주재를 하고 그룹 산하 30여 개 기업체 사장이 모두 모여 회의를 한다.

삼성전자 창립 40주년 기념 행사.

한번은 사장단 회의가 끝나고 나를 포함한 몇 명이 따로 이병철 회장과 함께 점심식사를 하고 회의를 했다.

거기서 이병철 회장은 기업체의 현황을 묻고 세계 동향을 파악하면서 방향을 모색했다. 그 자리에 다른 사장들은 이병철 회장을 잘 알기에 여러 모로 준비를 해온 눈치였지만, 나는 아는 것도 있고 모르는 것도 있어 학교에서 배우고 가르친 지식으로 이야기해 이병철 회장이 흥미로워하고 관심을 보였다.

특히 이병철 회장은 일본과의 관계에 신경을 많이 쓰는 눈치였다. 그는 연말정산 회의가 끝난 후에는 반드시 일본으로 가서 두 달 정도 정계 사람들을 만나고 돌아왔다. 그중에 마쓰시다 파나소닉 회장과 각별히 친해 보였다. 그 사람이 쓴 저서를 가져와 비서실을 통해 번역한 후 사장들에게 나눠주며 읽으라고 하기도 했다.

그래도 이병철 회장은 나를 각별히 신경 써준 기억이 난다. 토요일에 나를 따로 불러 신라호텔 일식집에서 고위 관료나 기업가들과 같이 만나 세상 돌아가는 이야기와 기업 이야기를 하며 함께 시간을 보낸 적도 여러 번 있다. 인간적으로 진솔한 대화를 나눌 기회는 거의 없었지만, 회장과 사장으로서 건실한 관계를 쌓으며 지금의 삼성을 만드는 데에 일조했다고 자평한다.

삼성과의 인연은 지금까지 이어져 몇 년 전까지는 삼성전자 전·현직 사장단과 만나 식사를 같이하며 친목을 쌓곤 했다. 삼성에서 근무하면서 미숙한 점도 많았지만 여러 가지를 배웠다고 자평한다.

글로벌 초일류기업 삼성을 말한다 :

현재 세계 초일류기업으로 우뚝 선 삼성은 이병철 회장이 이끌던 그때부터 다른 기업과는 남달랐다고 생각한다. 사람을 중요시하고 인재를 아끼고 우대하는 회사였고, 그럼으로써 직원의 역량을 이끌어내는 데 있어 다른 기업이 따라오지 못할 만큼 축적된 노하우와 전통이 있다. 창업주인 이병철 회장의 신념이 반영된 결과인 것이다. 정통 기업인이기보다는 학자였던 나의 삼성반도체통신 사장 시절에 여러 모로 내 의견을 귀담아듣고 의사 결정에 반영하고 힘을 실어주고 일에 전념할 수 있도록 아낌없이 믿어주고 지원해준 일은 오랜 시간이 지났지만 깊은 고마움으로 간직하고 있다.

삼성전자 첨단기술연수소 보안기술 아카데미에서 만든 감사 모형.

삼성반도체통신의 사장으로 재임했었지만 어느덧 30여 년 전 일이다. 그러나 삼성과의 연은 해가 지날수록 내겐 각별하게 다가온다. 크고 작은 행사가 있을 때마다 나를 초청해 과분하게 예우해준 일, 삼성그룹 임직원들을 대상으로 강연한 일, 여생을 수원 삼성 노블카운티에서 편안히 지내게끔 많은 부분 세심히 배려해준 점, 해마다 잊지 않고 대소사에 관심 갖는 부분 등 꼼꼼하게 신경 써주는 삼성을 보면서, 삼성이 왜 독보적인 일등이 될 수밖에 없는지 자연스레 알 수 있었다. 작은 부분을 허투루 생각하지 않고 기본을 다지는 것에서부터 출발하는 정신과 행동이 바로 오늘의 삼성을 이루게 한 원동력이 된 것이라 믿는다. 창업주 이병철 회장이 그토록 강조한 것들을 돌이켜보니 자연히 이해가 갔다.

삼성전자 첨단기술연수소에서 수년간 삼성맨을 상대로 강의했던 일은 개인적으로 보람이자 기쁨이었다. 젊은 그들의 열정과 배움에 대한 노력과 갈망, 이런 것들이 모이고 쌓여서 지금의 삼성을 만드는 밑거름이 됐을 것이다. 사진에도 있지만 그간 가르친 데 대해 감사의 표시로 받은 감사 모형은 감동이었다. 디테일하게 묘사된 내 책상과 내 모형물을 보면서 작은 데서부터 사람들에게 감동을 주고 기쁨을 주는 이런 힘이 바로 삼성전자의 휴대폰을 세계 최고로 우뚝 서게 한 비결이 아닐까 생각했다. 2009년 삼성 전·현직 사장들과 서초동

선일보 제27634호 경제 2009년

김건수 객원기자 kimkuhns@chosun.

성 전·현직 사장들 '한자리에' 30일 낮 서울 서초동 삼성전자 사옥에서 열린 창립 40주년 기념식에서 전·현직 사장들이 기념촬영을 하고 있다. 뒷줄 왼쪽부터 이상완 종합기술원장, 권오현 반도체 담당 사장, 최지성 완제품 총괄 사장, 박근희 중국 총괄 …문병대 전 정보가전 부사장, 황창규 고문, 한용외 삼성생명 고문, 윤부근 TV담당 사장, 윤종용 고문, 최치훈 프린터 부문 사장, 이윤우 부회장, 장원기 LCD 사장 등이다.

삼성전자 "2020년 매출 4000억달러·글로벌 톱10 도약"

창립 40주년… '창조·파트너십·인재 경영' 제시

한국을 대표하는 제조기업인 삼성전자가 창립 40주년을 맞아 2020년 매출 4000억달러(약 473조원) 달성과 글로벌 '톱10' 기업 도약을 목표로 내걸었다. 10년 전 잡았던 매출 100조원, 글로벌 IT '톱3' 기업 진입 목표를 달성한 삼성전자가 '글로벌 100년 기업'을 향한 새 도정(道程)에 나선 것이다.

삼성전자는 이날 실적 발표를 통해 3분기 매출 35조8700억원, 영업이익 4조2300억원을 달성해 삼성전자 사상 최대실적 기록을 갈아치웠다고 밝혔다. 이는 작년 같은 기간에 비해 매…

…1등에 만족하지 못한다"며 "2020년 매출 4000억달러, IT 업계의 압도적 1위, 글로벌 10대 기업으로 도약하겠다"는 내용을 담은 '비전 2020'을 선포했다. 10년 안에 브랜드 가치에서 세계 5위, 존경받는 기업 10위로 도약하겠다는 목표도 세웠다. 10년 뒤 삼성의 새 비전이 달성되면, 현재 매출 1100억달러로 세계 40위인 삼성전자는 미국을 대표하는 거대기업인 GE(매출 1832억달러·12위)를 넘어서게 된다.

삼성전자는 '비전 2020' 달성을 위해 '창조경영·파트너십경영·인재…

…자는 "현재 45% 정도인 해외인력 비중을 2020년까지 65%로 늘리고 한국에서 근무하는 글로벌 직원도 현재 850명에서 2000명으로 늘릴 예정"이라고 말했다. 대졸 여성인력도 현재…

휴대폰 등 3분기 영업이익 4조2300억원 '사상 최대'

내년 반도체·LCD에 8조5000억원 이상 투자

삼성전자 비전 2020 주요 내용

경영 목표	매출 4000억달러, 매출 규모 세계 10위, 브랜드 가치 5위, 존경받는 기업 10위 도약 목표
3대 전략 방향	창조경영·파트너십경영·인재경영
중점 추진과제	기존 사업 경쟁 우위 확대, 신사업·신시장 발굴 강화, 마케팅 중심기업 체제 정착, 열린 혁신경영 정착, 상생경영 확대와 친환경 리더십 구축, 창조적 조직문화 구현
신성장산업	의료·바이오, 환경·에너지, 편의·안락 등 삶의 질 향상과 관련된 사업

삼성전자 실적(해외 법인을 포함한 연결기준, 단위: 원)

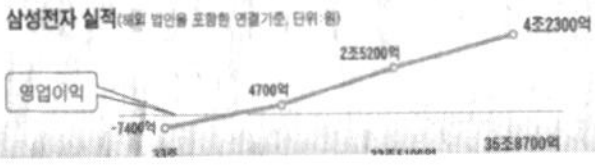

실적 전망에 청신호가 켜졌다.

휴대폰 부문도 3분기 연속으로 …원대 영업이익을 달성했다. 휴대폰 부문은 올 3분기 글로벌 시장 규모가 …축된 가운데서도 북미·유럽은 물론 인도·중국 등 신흥시장에서도 고른 …장을 보여 판매량이 작년 같은 기간보다 16% 늘어난 6200만대를 기록했… 반면 세계 1위인 노키아는 3분기 판…량이 작년보다 7% 이상 감소하며 …년 만에 처음 분기 적자를 기록했…

삼성전자는 올해 4분기에는 환율 하락과 연말 마케팅 비용 증가로 실적… 다소 하락할 가능성이 높지만, 내년… 는 실적이 다시 개선될 것으로 내다…

• 삼성전자 전·현직 사장들과 함께. 삼성전자 창립 40주년 신문기사(조선일보 2009년 10월 31일).

삼성전자 사옥에서 창립 40주년 기념식을 함께한 것도 기억에 남는다. 창립 40주년을 맞아 '창조·파트너십·인재 경영'을 제시하며 글로벌 100년 기업을 향한 새 도정道程에 나선 현장에 함께한 것은 개인적으로도 영광이었다. 오랜만에 삼성전자의 전·현직 사장들을 만나 서로의 근황을 나누고, 기념촬영식에서 늙은 나를 가장 가운데 자리로 써 예우해준 일 역시 고맙게 생각한다.

앞으로 더욱 글로벌하게 뻗어나갈 삼성의 미래를 상상해보는 건 즐거운 일이다. 모쪼록 선배 CEO의 바람으로는 삼성답게, 삼성의 우수성을 전 세계에 퍼뜨려주길 기대하고 늘 삼성맨들을 응원할 것이다. 국가의 부름에 충실히 답하다 초창기 삼성맨이 되었던 기회는 내 삶에 큰 족적을 남겼다. 우수한 시스템과 조직 생활을 경험해본 것은 이후 학자로서의 내 삶에도 많은 영향을 끼쳤다고 생각한다. 그렇기에 영원한 삼성맨으로서, 삼성이 한층 더 발전하기를, 또한 국익과 세계 발전에 더욱 큰 역할을 할 수 있기를 가슴 깊이 성원하고 지지한다.

삼성의 힘

삼성반도체통신 근무에 대해 소회를 조금 더 풀어내고자 한다. 내 인생 후반부에서 나에게 가장 큰 영향을 준 것이 삼성반도체통신 재직이다. 자신이 일했던 회사에 대해 느끼는 감정은 누구나 다르겠으나 나에게는 각별한 존재이자 인생 전체에서 빼놓을 수 없는 이름이 삼성이다. 삼성반도체통신에 있었던 기간이 길어서가 아니다. 삶의 경험이 주는 가치란 시간이 길고 짧음과는 무관하다. 찰나지만 잊을 수 없는 기억이 있는가 하면 몇 년에 걸친 사건도 돌아보면 몇 줄로 요약하면 그만인 경우가 허다하다.

한 인간이 변화한다는 건 쉽지 않다. 젊어서는 작은 것을 보아도 마음에 감동이 있고 몸에는 혈기가 있어 부딪치고 깨지며 조금씩 자아를 확립해간다. 그러나 나이 들어 어느 정도 '나'라는 존재가 자리를 잡고 나면 거기서 벗어나거나 바뀐다는 게 여간해서는 어려운 일이다. 그래서 그럴 때는 자신이 통제할 수 없는 완전히 낯선 경험을 하면서 어쩔 수 없이 자기를 버리고 새로운 환경 속에 새로운 나를 찾아야 하는 상황으로 스스로를 몰아가는 것도 필요하다. 당연히 이 또한 나이가 들어서는 시도하기 두렵다. 내가 처음 삼성반도체통신 사장에 오르는 출발선이 된 한국전자통신 재직을 망설였던 것도 비슷한 이유다.

상황이 나를 몰고 가 학자로 살아온 삶을 잠시 등지고 완전히 새로운 경험을 하게 된 것은, 당시로는 나에게 어려운 일이었으나 돌이켜 생각할 때 참으로 행운이었다. 남들은 몇 번을 도전해야 얻어낼 수 있었을 텐데, 나는 좋은 경험을 한 셈이다. 외길을 따라가는 건 그만의 가치와 깊이가 있겠으나 따져보면 외롭고 지루한 길이기도 하다. 때로는 잠시 다른 길을 갈 수도 있고 오히려 그 길이 맞아 아예 새롭게 경로를 잡을 수도 있는 일이다. 또는 이 길과 저 길을 모두 걸어본 경험을 가지고 새로운 제3의 길을 열어가는 것도 가능하다. 나는 삼성반도체통신 근무를 마지막으로 적절한 시기에 경영인으로서의 내 경력을 끝냈지만 그렇다고 삼성반도체통신에서의 경험이 내 삶과 완전히 단절된 것이 아니다. 그때 느낀 것들과 내가 기존에 갖고 있던 것들이 합쳐져 내 인생의 후반부를 새롭게 열어갔다고 할 수 있다.

한국전자통신에서 삼성반도체통신으로 바뀌었다고 해서 갑자기 모든 것이 엄청나게 바뀌지는 않았다. 기존에 해오던 사업을 계승하는 형태로 내 업무는 계속되었다. 그렇다고 해도 민영회사와 국영회사는 자율성 면에서 근본적인 차이가 있었기에 조금씩 그런 부분에 대해 적응해나가야 했다. 이전까지는 국가나 기관에서 목표를 내려주고 예산을 집행하면 거기에 맞춰 계획을 수립하고 일을 실행하면 그만이었다. 그러나 삼성반도체통신의 CEO가 되고는 달라졌다. 어떤 것을 만들고 어디에 어떻게 돈을 쓸지 결정하는 것도 내 몫이고, 그런 것을 직원들에게 설명하고 동기를 부여하는 것도 내가 할 일이 되었다. 그러다보니 신경 쓸 것이 한두 가지가 아니었고 내 지식과 경험을 살려 실제 무언가를 만들어내는 것보다 전체적인 운영과 관리에 대부분의 시간을 쓸 수밖에 없었다.

그런 과정 속에서 하나의 조직을 이해하고 삼성에 대해 조금씩 배워가면서 나는 조직체가 주는 힘과 그 힘을 통해 나타나는 가능성에 대해 점차 경이로운 깨달음을 얻을 수 있었다. 지금 삼성전자의 눈부신 성장을 보면서 내가 이러한 세계적인 기업의 첫발자국을 함께했다는 사실이 감격스러울 때가 많다. 삼성의 성장은 놀라운 일이 아니다. 나는 삼성반도체통신에 근무하면서부터 이미 이 회사가 가지고 있는 기업 문화와 조직 체계의 잠재력을 실감했었다. 삼성은 어느 방향으로 사업을 펼쳐가든 성공할 것이라는 확신이 있었다.

내가 느꼈던 삼성의 강점은 지나치게 이상적이지도, 너무 현실적이지도 않다는 것이다. 나 역시 미국의 보잉 사 등에서 최신 산업을 연구하고 미래지향적인 방향으로 학문을 연구해왔다고 자부하지만 어디까지나 나 혼자 감당할 수 있는 수준에 머물러 있었다. 그러나 삼성은 거대한 조직을 몸통으로 두고 한 개인이 상상할 수 없는 프로젝트를 기획하고 이를 과감히 추진하곤 했다.

앞서 잠깐 밝히긴 했으나 삼성이 통신사업에 뛰어든 것도 결과적으로는 대단히 현명한 선택이 되었지만 그 당시는 일종의 모험이었다. 통신사업이라는 분야는 지금은 세계에서 가장 중요한 산업 중 하나이나 그때만 해도 사업적으로는 그다지 전망이 밝지 않았다. 특히 그때 우리나라 현실에서 전자통신을 토대로 뭔가 사업을 펼쳐나간다고 하는 게 결코 쉬운 일이 아니었다. 선진국에는 다 설치가 된 전자식 교환기 같은 기본적인 인프라조차 구비되어 있지 않았던 상황이기 때문이다.

어떻게 보면 통신사업에서는 국내에서 후발주자나 다름없던 삼성이 적극적으로 인수에 나선 것은 결국 미래를 바라보고 삼성의 성장에 대한 확신이 있었기에 가능했던 것이 아닌가 생각한다. 최근 삼성의 행보 또한 그러지 않는가. 혁신과 도전이 없었다면 TV나 휴대전화 시장에서 그러한 세계적 경쟁력을 갖기는 어려웠을 것이다.

물론 이것을 가능하게 하는 것은 잘 정비된 조직 체계 덕분이다. 삼성반도체통신에서의 근무는 내가 예전에 경험했던 국방과학연구소에서의 조직 사회와는 전혀 달랐다. 국방과학연구소에서 내가 느꼈던 것은 지나친 폐쇄성과 경직성이었다. 부소장이라는 직위에 있으면서도 윗선에서 무슨 이야기가 오가고 다른 부서에서는 무엇을 어떻게 추진하는지 제대로 알 도리가 없었다. 게다가 아래에서는 내 위치를 인정하지 않아 위는 입을 닫고 아래는 귀를 닫는 불통不通의 시절이었다.

그러나 삼성은 달랐다. 특히 이병철 회장은 항상 마음을 열고 아랫사람의 이야기를 듣고 자신의 생각을 허물없이 밝히곤 했다. 회사 조직에 대한 이해가 전혀 없고 전문적인 지식을 쉽게 풀어내는 재주도 부족한 나의 이야기도 인내심 있게 끝까지 들으며 궁금한 점은 질문을 하곤 했다. 한마디로 말이 오고가는 분위기라는 게 있었고 서로가 부족한 건 보완해주며 같이 나아가는 조직의 힘이 있었던 것이다.

그렇다고 삼성이 지나치게 낭만적으로 이상을 추구하여 현실을 망각하는 우를 범하지는 않았다. 늘 냉정한 자세로 손익을 계산하고 쓸 곳은 쓰고 줄일 곳은 줄이는 현실감각이 늘 살아 있었던 게 삼성이다. 다시 말해 현실이라는 땅에 단단히 발을 디딘 채 높은 곳을 늘 바라보며 달려가는 것이 짧은 기간이나마 삼성에서 근무하며 내가 받았던 인상이다.

삼성 근무는 나라는 한 명의 인간에게 적지 않은 영향을 주었다. 조직 생활을 통해 윗사람과 아랫사람을 어떻게 대하고 경영이 어떻게 돌아가는지에 대해 배운 것도 있지만 그것은 어떻게 보면 부수적인 것이다. 그것보다는 앞으로의 내 삶에서 내가 취해야 할 자세와 이전까지는 미처 몰랐던 것들에 대한 일깨움이 있었다.

그중 일말의 가능성이라도 스스로의 확신이 있다면 결국 실현될 수 있다는 것이 삼성이 나에게 가르쳐준 가장 중요한 부분이다. 삼성을 나와 이후 삼성의 행보들을 언론을 통해 접하면서 그때 이병철 회장 등과 가졌던 사장단 회의에서 오갔던, 당시로서는 황당하거나 터무니없었던 일들 중 상당수가 실현되는 것을 확인할 수 있었다. 물론 나름의 계산과 근거들이 있었지만 '삼성이 하면 된다'라는 강한 자기확신이 밑바탕에 있었기에 희박한 실현가능성에도 불구하고 그런 꿈들을 꿀 수 있었던 게 아닌가 싶다. 나는 이러한 자신감과 이런 꿈을 꿀 수 있게 하는 튼튼한 조직 체계가 여전히 삼성의 가장 큰 힘이며 앞으로도 크게 달라지지 않을 것이라 생각한다.

나는 회사생활을 많이 경험하지 않은, 어떻게 보면 외부인이었기에 더 객관적인 시선에서 삼성의 가치를 알 수 있지 않았겠는가. 지금 삼성에서 근무하고 있는 후배들에게 당부하고 싶은 말은 자신이 속한 삼성의 장점을 스스로가 잘 알고 있어야 한다는 것이다. 회사를 다닐 때는 회사에 최선을 다해야 하겠지만 회사에서 영원히 근무할 수는 없다. 그런데 회사를 그만둔다고 해서 자신의 인생이 끝나는 건 아니다. 그렇기 때문에 내가 다니고 있는 회사의 가치를 알고 그 가치를 흡수해서 결과적으로 자신의 삶에 도움이 될 수 있게끔 만들어야 할 것이다. 그런데 오히려 직장생활 경험이 많거나 오랫동안 근무했다면 이런 사실을 잊고 하루하루를 무의미하게 보내기 쉽다. 단순히 눈에 보이는 삼성의 실적에만 주목하지 말고 그러한 초일류기업을 가능하게 하는 진정한 조직의 의미를 이해하도록 노력하는 것이 나중에 스스로의 인생에도 큰 도움이 될 것임을 조언하는 바이다.

삼성반도체통신을 나온 후에 삼성과의 인연이 끝난 것은 아니다. 삼성은 전직 사장으로 나를 예우하여 1년에 한 번 현직 사장과 만남을 주선하고, 보안과 관련한 전문지식이 필요할 때는 내게 자문을 청하거나 교육 강사로 나를 초빙해 현직 직원들과도 여러 관계들 맺어나가고 있다. 또 말년을 삼성이 마련해놓은 노블카운티에서 보내고 있으니 현실적으로도 삼성과 나는 여전히 무척 가까운 사이라고 표현하는 게 맞을 터이다.

| 11장 |

한국에서의 교수 생활과 학술 활동

: 학교로 돌아오다

1981년에 삼성 사장직에서 물러나자 도처에서 여러 제의가 있었지만, 처음 선택한 건 홍익대학교 대학원장이었다. 그러나 일주일 정도 근무를 해보니 원래 미술이 중심이 된 대학이어서 그런지 후발 학문인 공과대학 쪽이 그리 활성화되지 않은 듯한 인상이었다. 여느 교수나 마찬가지겠지만 나는 학자로서 단순히 학생들을 가르치는 것에 그치기보다는 나 스스로의 학문도 갈고닦으면서 교수들과의 소통을 통해 전체 대학에서 내 분야의 학문이 자리잡는 것을 원했다.

그때 생각난 게 김연준 이사장이었다. 앞에 충분히 적었듯이 당시 한양대학교 총장이었던 김연준 이사장은 나에게 각별한 애정을 보이며 배려를 많이 해주었고, 내가 미국으로 떠날 때 돌아오면 꼭 연락을 하라고 당부했던 분이다. 다행히 김연준 전 총장이 아직 한양대 이사장으로 있었기 때문에, 그에게 이런 사정을 이야기하자 반색하며 한양대학교로 오라는 권유를 받았다.

다만 김연준 이사장은 현재 대학원장에 이미 다른 사람이 있는 상황이라 내 대우를 어떻게 해야 할지 그것을 우선 걱정하는 눈치였다. 나는 이 부분에 대해 단호하게 내 뜻을 말했다.

"이사장님, 제가 들어온다고 해서 현재 있는 분을 내려앉히고 제가 그곳에 앉는 건 인간의 도리가 아닙니다. 제가 한양대에 온다는 건 한국에서 첫 번째 교수 생활을 한 곳이 한양 공대이고 두 번째 돌아왔을 때도 한양 공대에서 일했던 내력이 있어, 고향 같은 곳에서 제자를 양성하고 책을 쓰려는 게 목적이지 어떤 보직을 원하는 게 아닙니다."

나는 그런 일로 풍파를 일으키는 것을 결코 원하지 않았고, 오직 연구와 강의에만 매진할 수 있는 환경을 원했다. 이사장도 내 진심을 알고 부담없이 나를 교단으로 이끌어주었다. 그렇게 교수직에 올라 전자통신공학과 교수와 부총장까지 지내며 1990년 3월 1일 정년퇴임할 때까지 학생들을 가르쳤다.

한양대학교 재직 중 교수실에서.

암호 연구

1980년대부터 우리나라와 해외를 통틀어 내가 학문적으로 중요한 역할을 했다고 생각하는 분야가 암호 및 정보보호이다. 내가 왜 이 분야를 선택했는지 이해를 돕기 위해 이 분야의 연구가 우리나라에서 태동하여 지금까지 성장해온 과정에 대해 간략하게 설명하고자 한다.

1970년대는 동서가 반목하던 시대였고, 특히 우리나라처럼 남북이 대치하는 상황에서 암호를 연구해서 발표한다는 것은 거의 불가능한 일이었다. 그런데 1977년에 미국 코넬 대학에서 소련의 암호학자를 초청해 암호에 대한 세계적인 심포지엄을 개최했다. 원래 미국 정부에서 허가한 일이 아니었는데, 학자들이 주도적으로 추진한 일이었다. 당시에 통신, 컴퓨터 분야에서는 정보이론과 통계, 통신,

부호이론까지는 거의 다 연구가 종료되었기 때문에 다음 단계로 암호가 조명을 받기 시작한 것이다. 그런 맥락에서 나 역시 통신 학문을 공부하는 사람으로서 암호에 많은 관심을 가지고 있었다.

미국에서 소련 과학자를 포함한 동서 암호학자를 초청해 학술대회를 연다는 사실은 곧장 논란이 되었다. 민간 차원의 암호 연구에 관한 개념이 자리잡지 못해, 미국 국립정보국이나 미국 전기전자학회에서 그것을 용납할 입장이 아니었기 때문이다. 미국 국회에까지 논란이 확산되면서 결국 학회는 열리지 못했다. 그러나 그 자체로 민간 차원에서 이제는 암호를 연구해도 되지 않겠느냐는 분위기가 만들어졌다. 그러면서 미국 상무성에서 민간에서 암호장치를 개발하면 그중에 우수한 것을 선정해 미국 정부의 표준으로 삼겠다는 공고를 내게 된다. IBM의 기술자 세 명이 ESS 데스라고 하는 암호장치를 제출해 가장 우수한 장치로 뽑혔고, 상당히 오랜 기간 동안 그 장치가 전 세계적으로 사용되었다. 이런 예를 봐서도 알 수 있듯이 미국에서는 이미 오래전에 민간 차원에서 암호를 연구해 그것을 국가가 차용하는 수준까지 암호 연구가 이뤄지고 있는 상황이었다. 일본 역시 1980년대 중반에 민간 영역에서의 암호 연구가 시작되었다.

학술원상 수상과 학회 설립

남북 대결이 지속되는 우리나라에서 암호를 연구하는 일은 내가 한양대 교수로 재직 중이던 1980년대에는 추진되기가 어려웠다. 암호라는 건 군사적으로도 민감한 요인이 있고, 이런 것을 민간 차원에서 연구한다는 자체가 국가 입장에서는 위험 소지가 있다고 판단되었기 때문일 것이다. 그러나 세계의 흐름을 무시할 수는 없는 노릇이었다. 암호 연구에 대한 필요성은 끝내 우리나라에서도 한국정보보호학회라는 이름의 민간 연구학회를 만들어내게 된다. 나는 1998년까지 그 학회의 초대 회장에서 4대 회장까지 연임했다.

정보보호학회는 WISC(Workshop on Information Security & Cryptology)라는 정보보호 관련 비공개 연구학회에서 시작되었다. 제한된 형태로 연구를 진행하던 국내 암호 연구자들은 이러한 한계를 극복해야 한다는 생각으로, 1990년 9월에 한자리에 모여 학회 설립에 관한 합의를 하고 1990년 11월에 창립준비위원회를 구축한 후 그 해 12월에 창립총회를 열어 학회를 결성했다. 하지만 학회가 운영되려면 기본적인 재정적 뒷받침이 필수였다.

1990년 7월에 나는 자연응용과학 부문에서 제35회 대한민국 학술원상을 수상했다. 이때 나의 관심사는 오로지 국내에서의 암호 연구에 있었기에, 학술원상 수상으로 받은 상금을 전부 학회에 기증했고 재정 마련을 위한 여러 가지 노력을 기울였다. 무엇보다 학술원상을 수상하자 청와대를 방문해 대통령과 만나 대화할 수 있는 다과회 자리가 마련되어, 나에게는 놓칠 수 없는 기회가 되었다.

그 자리에서 노태우 대통령이 각 수상자에게 연구 성과 등에 대한 질문을 던지고 수상자들이 답변을 했다. 나는 대통령의 질문에 원래는 전자공학을 공부했지만, 지금은 전 세계적으로 특수한 정보이론과 부호이론 연구가 대세가 되고 있고 나 역시 암호와 정보보호에 관심이 많다고 말했다. 그리고 선진국에서는 민간 차원에서 이미 이 연구를 한 지가 오래되었는데, 한국에서는 안기부를 중심으로 한 산하연구기관에서 연구를 하고 있다고는 하나 민간 차원에서는 그 진행 상황을 전혀 알 수 없는 게 문제라는 점을 이야기했다. 전 세계적으로 일어나는 학문이라면 우리나라도 민간이 연구할 수 있는 길

대한민국 학술원상 수상.

한국공학기술상 본상 수상.

을 열어야 하고, 그렇지 않으면 10년, 20년이 지난 후에 완전히 낙후되어버린다는 점을 주장했다. 요지는 민간 차원에서의 암호 연구를 허가하고 그에 대한 지원을 해야 한다는 것이었다.

노태우 대통령도 보안사령관 출신으로 암호의 중요성에 대해서는 알고 있었으리라 생각한다. 그는 내 이야기를 듣고 이내 비서를 불러 내 이야기를 적고 학술원이 문교부 소속이니 정원식 문교부 장관 책임하에 암호 연구에 대한 계획을 수립하라는 지시를 내렸다. 길지 않은 면담이었지만 내가 기대할 수 있는 최대한의 성과를 거둔 셈이다.

대통령의 지시가 떨어지고 나서 정원식 장관은 농담 삼아 내가 별안간 그런 것을 제안해 과학자도 없는 문교부 입장에서는 난리가 났다며 웃었고, 과학기술처 정근모 장관에게 연락해 나와 암호 연구에 관한 사항을 진행하도록 조치했다.

그리고 얼마 후에 정근모 장관에게 전화가 왔다. 정근모 장관은 서울대학교 동문이라 알고는 있었지만 과가 달라 특별한 교류는 없는 사이였다. 장관은 전화로 미국 원자력연구소에서 근무할 때 비밀 정보를 암호화하는 과정에 대한 대략적인 정보는 알고 있다고 했다. 그러면서 국장급 장병철 심의관을 연구실로 보낼 테니 대통령과 대화한 내용에 대해 어떻게 추진해야 할지에 관해 설명해달라고 부탁했다.

다음 날 장병철 국장이 와서 한참 고생을 하며 나에게 암호에 관

국민훈장 무궁화장 가족 기념 사진.

한 기본적인 지식을 배우고 갔다. 사실 그 사람은 과학자도 아니고 암호학도는 더더욱 아닌데, 정보와 암호에 관해 전혀 모르는 상태에서 일을 추진해야 했으니 본인도 쉽진 않았을 것이다. 서너 시간에 걸쳐 암호화 장치, 복구화 장치, 암호 시스템에 관한 것을 알려주고 그것을 토대로 대통령에게 보고를 한 모양이다.

몇 주 후에 정근모 장관에게 전화가 와서 과학기술처로 방문해 줄 것을 부탁했다. 찾아갔더니 장병철 국장을 비롯해 예산실장과 서너 명의 간부들이 모여 있었다. 그러면서 앞으로 민간 차원의 암호 연구 지원 등에 관해 어떻게 진행을 할지 논의를 하는데, 처음에는 예산 문제 등으로 난색을 표하는 의견이 있었다. 그러나 장관이 이는 대통령의 지시로 소홀히 다룰 문제가 아니니 예비비를 활용해서 진행해야 한다는 점을 강력하게 주장을 했다.

결과적으로 학회에 지원이 결정된 금액은 3년간 총액 9억 원이었다. 구조상 문제로 국가에서 연구비나 원조금을 직접 줄 수는 없고 정부에 속한 기관을 통해 받는 식으로 진행되어야 한다는 조건이 걸렸지만 큰 문제는 아니었다. 과학기술처에 속한 대전의 연구소를 통해 연구비를 지원받게 되었으니 무척 다행스러운 일이고, 지금도 신경을 써준 정근모 장관에게 상당히 고마운 감정을 가지고 있다.

그러나 이제 와서 밝히는 이야기지만 중간 과정에서의 여러 문제, 또 직접 전달받지 못하는 근본적인 어려움으로 인해 실제 학회에

국민훈장 무궁화장 기념 사진.

서 사용할 수 있었던 돈은 연간 6~7천만 원 정도에 불과했다. 이 돈으로 학회원들에게 연구비를 주고 10% 정도는 학회에 납입했다. 변변한 사무실을 구할 돈이 부족해 당시 학회 이사 중 한 명이었던 신찬 한국통신공사 국장이 영동전화국에 작은 방 하나와 책상을 줘서 사무원 하나를 두고 시작한 게 정보보호학회의 시초이다.

이후로 지원금을 마저 다 받지도 못했고 약속했던 마지막 3년째에는 과기처에서 정보보호학회가 소속기관도 아닌데 계속 돈을 줄 수 없다면서 지원을 끊어버렸다. 그러면서 체신부와 이쪽이 더 가까우니 그곳에서 지원금을 받으라고 통보했다. 체신부의 박성득 전파관리 국장을 만나 대화를 해보았으나 그 역시도 3억이라는 돈을 지급하는 것이 난처한 눈치였다. 더불어 암호라는 것이 여전히 민감한 이슈이고 국정원 등과 밀접하게 연관이 되어 있는 탓에 체신부가 이를 추진하기가 눈치 보인다는 이야기도 했다. 내가 대통령의 의지가 있는 중요한 사안임을 강조한 후에야 우선 1억 원을 지급하고 매년 6천만 원을 산하기관을 통해 전달하겠다는 약속을 받아냈다.

그런 과정을 거쳐 창립이 된 학회는 23년 동안 꾸준히 연구를 계속하면서 일본, 대만 등과 국제적인 관계를 맺으며 활발한 활동을 하고 있다. 내가 회장을 하는 동안 매년 10~15% 비율로 지원금의 일부를 꾸준히 적립하여 2억 5천만 원 정도의 자금을 모아, 그간의 자금을 가지고 서울 중심가에 사무실을 새로 구하는 데 성공했다.

JWIS Lifetime Achievement Award.

국가보안기술연구소 초청강연 감사패.

한국정보보호학회를 지키고 확대시키려는 내 뜻을 후임 회장들이 잘 계승해 많은 회원이 활동하고 있고, 세계 안에서 우리나라 역시 암호에 대해 발언할 수 있는 수준까지 성장했다. 이제는 고려대학교에 정보보호대학원이 생기는 등 국내 대학에서도 암호와 관련된 학과가 개설되며 민간 차원에서의 암호 연구가 완전히 자리를 잡았다. 대통령에게 청원하고 초기 자금을 모으면서 회장으로 학회를 이끌어온 내 입장에서는 지금 우리나라 암호 연구의 현실과 학회의 모습을 보면 무척 뿌듯하고 기분이 좋다. 이후 관련 연구를 꾸준히 하면서 각종 연구소에서 강연을 했고, 1998년 한국공학기술상 본상과 2000년 과학의 날에 김대중 대통령으로부터 국민훈장 무궁화장을 받았다. 국제적 권위의 학술서적 저술, 암호기술 보급, 전자식 전화교환기, 유도탄 및 국내 최초 아날로그 전자계산기 개발로 정보산업 발전에 기여했다는 점으로 한국공학기술상 본상을 받았고, 정보, 전자·통신 분야의 부호이론과 암호기술 도입 보급으로 정보보호 산업 발전과 후진 양성에 기여한 점과 전자식 전화교환기 생산, 설치 운영에 성공하고 국내 최초로 아날로그 전자계산기를 설계, 제작한 공로로 국민훈장 무궁화장을 받았다.

학자로서 연구에 매진하는 것은 당연한 일인데, 수상은 부끄러우면서도 그간 고생한 것을 국가가 인정해주는 것 같아 기뻤다.

서울대학교와 경희대학교 강의

한양대학교에서는 65세에 정년퇴임을 했고, 1997년부터 서울대학교 초빙교수로 부임해 5년 동안 강연을 했다. 내가 서울대학교 교수로 일할 수 있었던 데에는 네 분의 역할이 컸다. 전기공학부 학부장 권욱현 교수, 같은 학부에 부학부장 이병기 교수, 공대 학장 이장무 교수, 부학장 한민구 박사였다. 이분들에 대한 감사한 마음을 지금도 잊지 않고 있다.

그때는 BK21이라는 제도가 시행되어 대학원생 중에는 서울대학교 학생이 아닌 외부 대학 학생들도 포함되어 있었다. 그러다보니 수업을 듣는 학생 수가 굉장히 많아 한 반에 80명 이상이었다. 대학원 수업 인원이 80명이 넘는다는 건 정상적인 수업이 이루어지기 어려운 환경이다. 나 역시 상당한 부담이 있었고 과제를 채점하는 것조

경희대학교 학생들과 함께.

차도 쉽지 않았다. 하지만 국내 최고 대학에서의 강의에 대한 나 스스로의 의지와 이 나이에도 교수로서 해야 할 일이 있다는 책무감이 그런 수업도 감당할 수 있게 했던 것 같다.

5년 동안 많은 분들의 배려 속에 무사히 서울대학교에서 강의를 한 후, 나는 이제는 조용히 노년을 마무리할 시기라고 생각해 수원 삼성 노블카운티에 있는 노인복지시설로 아내와 함께 이사를 했다.

그런데 내가 일복이 있어서인지 2003년에 그 사실을 경희대학교 수원캠퍼스의 교무처장과 기획처장이 알고, 학교에서 암호나 정보보호 관련 수업을 진행할 교수를 도저히 구할 수가 없는 관계로, 먼 거리도 아니니 학교에 나와 강의를 해달라는 부탁을 해왔다. 나는 이미 팔십이 넘은 나이였지만 커리큘럼 운영 능력과 체력은 충분하다고 자부하고 있어서 내 지식이 필요하다면 받아들이는 게 맞다는 생각이 들었다. 내 자리를 만들기 위해 경희대학교에서 원래는 학교에 없는 석좌교수라는 제도를 만들었고, 나는 경희대학교 석좌교수 1호가 되어 최근까지 수업을 진행하다 건강상의 이유로 강의를 마무리하고 이제는 아내와 대부분의 시간을 보내고 있다. 암호와 정보보호 관련 강의만 국내에서 근 십수 년을 했으니 내 나이를 고려하면 할 만큼은 했다고 생각한다.

한심한 인성교육의 난맥상

학자이지만 동시의 한 명의 교육자로서 요즘 들려오는 교육 현실에 대해 몇 글자 적고자 한다. 오늘날 신문, TV, 컴퓨터 그리고 핸드폰 등의 멀티미디어 매체를 통해 전파되는 보도 내용을 보면 학생들을 가르치는 선생님을 하늘같이 받들지는 못할망정 막 대들고 물리적인 벌을 줬다 해서 선생님한테 달려들기 일쑤고, 또 자기 부모한테 고자질하면 학부모는 학교로 달려가 담임선생에게 항의하며 갖은 욕설로 달려드는 판인데, 윤리도덕은 땅에 떨어지고 사제문화師弟文化가 쓰러지는 판에 어찌 진정한 인성교육을 바라겠는가? 그렇다고 해서 선생님 전부가 훌륭한 교사라고 보지는 않는다. 개중에는 제자에게 심한 폭행과 성희롱을 서슴지 않는 파렴치한 극히 일부 교사 또는 교수도 있다고 한다.

나는 89세가 되었지만 불과 얼마 전까지 대학 교단에서 강의를 했다. 과거 54년간 교직 생활을 돌이켜보건대 학생에게 엄한 사부였지 요즘 선생처럼 학생에게 휘둘려 학생 지도에 어려움을 하소연한 적은 별로 없다. 물론 나는 초·중등학교 교사가 아니고 오로지 대학과 대학원생들만 교육해왔기 때문에 지금 일선 교사들이 직면하고 있는 실정을 잘 모른다.

2011년 3월 초에 교육과학기술부는 초·중등교육 시행령을 개정해 간접 체벌은 일선 학교 학칙으로 정하면 가능하다고 허용했다. 하지만 일부 시·도 교육감들은 "체벌 금지 풍토가 자리를 잡는 중이라 시행령이 개정됐어도 교육감의 인가권으로 학칙 개정을 막겠다"며 반대하고 나섰다.

2011년에 신문 기사를 보고 나는 깜짝 놀랐다. 당시 서울시 교육감은 '손바닥을 한 대 때리거나 무릎을 꿇리는 일, 반성문을 쓰게 하는 것도 안 되며, 앞으로 어떤 종류의 체벌도 전면 금지한다'고 밝혔다. 그렇게 교육적 훈계까지 금지하면 일선 교사들은 학생 지도를 어떻게 하라는 것인가. 한심한 노릇이다. 그 후 학생의 잘못을 지적하면 교사에게 대들거나 약간의 신체 접촉만 있어도 '선생님이 체벌했다'고 교육청에 신고를 하는 사례가 생긴다고 한다.

이것이 우리나라 장래를 짊어질 어린 학생들을 지도하는 올바른 교육지침인가? 서울 어느 초등학교 교사는 학생이 숙제를 해오지 않아 야단을 쳤더니 부모가 신고해 교육청에서 감사를 나왔다며, 내가 다치느니 차라리 학생들을 무관심하게 대하게 되더라는 것이다. 이것이 현재 교육현장에서 일선 교사들이 겪는 무관심 체념 현상이라 한다.

내 나이가 연로해 사고방식이 구식이라고 생각할 수도 있겠지만, 스승과 제자의 관계는 엄격하고 서로 존중받아야 한다고 믿는다. 이런 기본이 잘 지켜진다면 체벌 논란도 자연스레 합리적으로 해결될 거라 생각한다.

일본 학자들과의 인연 :

내가 한국으로 돌아와 학문 활동을 하며 중요하게 생각했던 것이 국제적인 학문 교류, 특히 일본 학자들과의 인연이다. 학문이란 국경이 따로 있지 않으니 세계 안에서 어떤 위치에 서고 학문적으로 어떤 입장을 가질 수 있느냐가 사실 중요한 일이다. 후학들에게 당부하고 싶은 것은 연구를 하더라도 반드시 국제적인 시각을 가지고 세계적인 학자를 지향해야 한다는 것이다. 그러기 위해서는 국제적인 교류도 필요하고 허물 없이 소통할 수 있는 학문적 동료들이 세계 곳곳에 여럿 있어야 한다.

나의 경우는 처음 일본의 학자와 교류하게 된 계기가 생긴 것이 1985년쯤이었다. 당시 일본 도쿄 대학교에 미야카와 히로시라는 교수가 있었다. 그 역시 암호를 연구하던 사람이었는데, 이 교수가 내

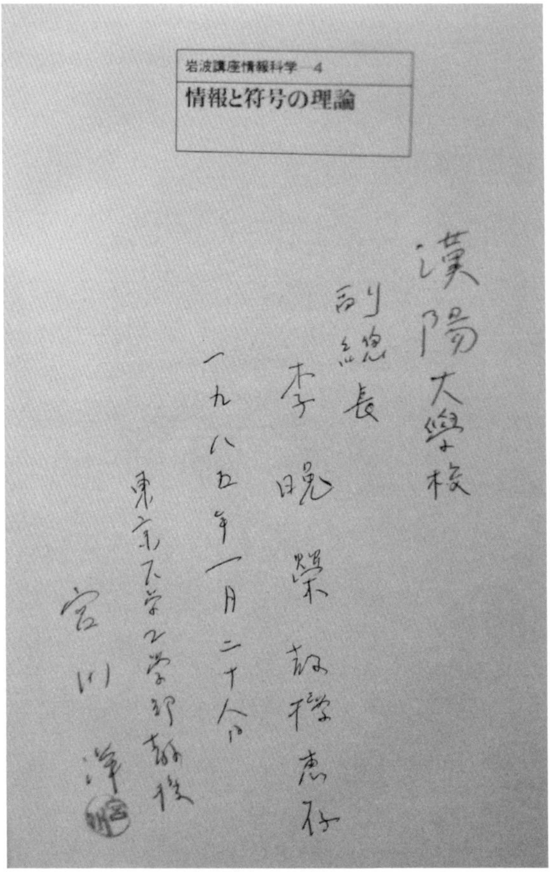

히로시 교수가 보낸 책 앞장에 적혀 있는 인사 글귀.

저서를 보고 자신과 학문적으로 통할 부분이 있다고 생각했는지 내게 자신의 저서를 보내면서 처음 인연을 맺게 되었다.

그렇게 서신으로만 소통하다가 히로시 교수가 동남아 지역을 여행하던 중 불의의 사고로 사망했다. 그 후 그의 수제자인 이마이 히데키 교수가 도쿄 대학교 교수가 되었고, 그곳에서 암호와 정보보호에 대한 정식 강좌를 열고 강의를 시작했다. 그즈음 나도 한국에서 학회를 열어 암호를 연구하는 중이었기에 그전 그의 스승과의 인연도 있고 해서 자연스럽게 연결되었다.

세계적인 암호 관련 회의는 크게 세 가지로 볼 수 있다. 하나는 전 세계 암호학자들이 다 모이는 회의로 미국 캘리포니아 대학교 샌타바버라 캠퍼스에서 매년 8월에 열린다. 또 하나는 유럽클리프트라는 이름으로 매년 장소가 바뀌어 유럽 각지에서 열리는 암호 회의다. 그리고 다른 하나는 아시아클리프트로 초창기에 아시아에서 암호를 연구하는 나라가 우리나라와 일본뿐이었기 때문에 사실상 우리나라와 일본이 주관하는 학술대회였다. 나중에 대만, 호주, 중국도 가담해 아시아라는 이름에 좀 더 어울리는 형태가 된다.

첫 번째 아시아클리프트는 일본의 야마나 시 후지요시다라는 곳에서 겨울에 열렸다. 이마이 히데키 교수가 편지를 보내 한국의 암호학자 대표로 나를 초청하고 내가 여기에 응해 처음 한일 암호학자들이 만나 교류를 시작하게 되었다. 이때 일본 암호 연구에서 중요한

도쿄 대학교 수강생과 함께 기념 사진.

일본 학술대회 만찬 중. 왼쪽이 이마이 히데키 교수, 오른쪽은 그의 부인.

일본 KDDI 연구소 초청강연 기념 사진.

규슈 대학교 제자들과 기념 사진.

위치에 있는 쓰지이 시게오라는 도쿄 공업대학 교수도 처음 만나게 되었다.

이후로 한일 간 학문 교류가 빈번하게 일어났다. 아시아클리프트는 가마쿠라, 이누야마, 고베 마이코, 히로시마, 가나자와, 하우스텐파수, 이수반도 라포레, 규슈 고쿠라, 오키나와 나하에서 매년 열렸고 나 또한 건강이 허락할 때까지 항상 참석했다. 갈 때마다 여비를 포함해 최고급 호텔에서의 숙식비를 모두 일본 측에서 부담했는데, 모두 이마이 히데키 교수의 노력에 의한 것으로 짐작하고 고맙게 생각하고 있다.

일본에 가면 매번 똑같은 식순으로 행사가 진행되었다. 이마이 히데키 교수가 개회사를 하고 그다음에 내가 한국 대표 자격으로 축사를 한다. 마지막에는 쓰지이 시게오 교수가 건배를 제의하면서 만찬을 시작하는 형식이다. 이 두 명의 일본 교수는 일본에서 가장 영향력 있는 암호 관련 학자였기 때문에 제자도 상당히 많다. 그렇듯 나를 늘 중요한 인물로 모든 사람 앞에서 대우를 해준 덕분에 그 자리의 모든 사람들에게 존중받으며 행사에 참여할 수 있었다.

또 도쿄 대학에 초빙교수로 가 여섯 번의 강의를 한 것이나 규슈 대학교에서 강의를 한 것도 우리나라 학문의 흐름에서 보면 중요한 일이었다고 생각한다. 우리나라에도 훌륭한 학자가 많지만 사실 다른 나라의 가장 뛰어난 대학에서 초빙교수로서 강의를 한다는 건 그렇게 흔한 일은 아니다. 특히 도쿄 대학교는 초빙교수를 통해 강의를 여는 것도 그 과정이 무척 까다롭다. 보통은 초빙 강의가 열리면 OHP 필름이나 프리젠테이션 자료를 준비해 쭉 보여주면서 부연 설명을 하는 정도로 마무리하기 마련이다. 그러나 도쿄 대학교에서는 거의 한 달 전에 기한을 두고 내게 강의 자료를 미리 요청해서 그것을 넘겨주면 제본해 학생들이 숙독한 후에 비로소 본 강의를 시작할 정도로 수준 높은 강의를 지향했다.

한국의 교수도 외국에서 따로 기회를 마련해 강의를 열 정도로 학문적 성취를 달성하고 있다는 사실 자체가 외국이 우리나라를 바라보는 시선이 달라졌음을 말해주고, 세계 안에서 공부하고 있는 우리 학생들에게 힘이 되고 의욕을 북돋우는 일이 되었으리라 믿는다. 실제로 도쿄 대학교의 분교인 롯폰기에서 강의를 하고 나오는데 두 명의 한국인 학생이 따라나와 강의를 감명 깊게 들었고 우리나라 교수가 이곳에 와 강의를 한다는 것이 기쁘다는 소리를 했을 때 뭉클했던 마음은 지금도 여전히 간직하고 있다. 그리고 일본 안에서 내 제자도 여럿 생겨 매년 일본에 가서 심포지엄을 할 때면 지방 대학의 조교수들이나 기업에 취업한 사원들이 몰려와 인사를 하곤 했는데, 해외에서도 그런 관계를 만들었다는 생각에 무척 뿌듯했다. 전 세계에 제자가 있다는 것은 교수로서 가슴 벅찬 일이다. 앞으로 세계 안에서 이런 일들이 많이 벌어지길 바란다.

암호를 매개로 한 국제 교류는 일본에만 한정되지 않았다. 대만의 중산대학교에 세 번 방문해 한 번은 강의를 했고 두 번은 학회에 참석해 후대를 받았다. 또 심포지엄에서 만난 베이징 대학교의 샤오 교수에게서 중국이 암호 연구에 관해서는 척박한 환경이기 때문에 와서 도움을 달라는 제의를 받으며 이런저런 교류를 나누기도 했다. 이런 국제적 교류를 통해 아시아가 암호 학문의 수준을 세계적인 수준으로 끌어올렸고, 그런 과정 안에 내가 있었다는 사실은 흐뭇하면서도 이런 기회를 준 여러 사람들에게 감사해야 할 일이라고 생각한다.

저서들 :

나 스스로가 이런 국제적인 관계를 만들 수 있었던 출발점이 무엇이었을까 자문해본 적이 있다. 물론 학문적으로 통하는 부분이 있어서였겠지만, 가장 중요한 건 저서를 한국에서 출간하지 않았다는 게 아닐까 싶다. 처음 미야카와 히로시 교수가 내게 말을 걸어온 것도 영어로 쓴 저서가 있었기에 가능한 일이었고, 일본과 중국, 대만의 학자들 또한 다르지 않았으리라 생각한다.

내가 쓴 책은 여러 권 있지만, 대표적으로 꼽을 저서는 『Error Correcting Coding Theory(오류정정 코딩이론)』 『Cryptography and Secure Communications(암호와 보안통신)』, 『CDMA Cellular Mobile Communications and Network Security(CDMA 셀룰러 이

동통신과 네트워크 보안)』, 『Internet Security(인터넷 보안)』, 『Mobile Communications Systems and Security(이동통신 시스템과 보안)』, 『Wireless Mobile Internet Security(무선 모바일 인터넷 보안)』으로 총 6권이다. 이 책들은 모두 영어로 쓰였고 'John Wiley'와 'McGraw-Hill', 'Prentice Hall'과 같이 200년 넘는 역사를 가지고 가장 까다롭게 책을 선정해 출간하는 외국 출판사에서 출간되었다. 내가 이를 고집했던 이유는 단 한 가지, 가능한 한 많은 사람이 내 책을 읽었으면 하는 바람에서였다. 다른 욕심을 내지 않아서 내 저서는 언론에 공개된 적도 거의 없다. 한국보다 오히려 외국에서 더 많은 인정을 받고 알아주는 사람이 많았다는 느낌을 가끔 받는 것도 이 때문인지 모르겠다.

이러한 출판사는 전문 분야 석학들의 책만 출간하기에 계약하기도 무척 까다로운 편이다. 'John Wiley'와 'McGraw-Hill' 'Prentice Hall' 등의 출판사에서 책을 낼 수 있다는 것 자체가 학자로서 매우 명예로운 일이고 자랑스러운 성취이다. 또 내 저서들은 출간되면 베스트셀러가 되어, 암호와 보안이론의 교본으로 많은 사람들이 꾸준히 찾았다. 『CDMA Cellular Mobile Communications and Network Security』 책은 일본어와 중국어로 번역되기도 했다. 사실 한국 학자의 전문 서적이 다른 언어로 번역되는 것도 우리 현실에서는 아직 흔한 일은 아니다.

각종 저서의 표지

- 오류정정 코딩이론(1989).

- 암호와 보안통신(1994).

- CDMA 셀룰러 이동통신과 네트워크 보안(1998).

- 일본어판(2001).

- 중국어판(2002).

- 인터넷 보안(2003).

- 이동통신 시스템과 보안(2009).

- 무선 모바일 인터넷 보안(2013).

John Wiley 출판사 Sales Award.

각종 훈장 및 저서들.

나 또한 공동 저서가 몇 권 있긴 하지만, 공동 저서는 될 수 있으면 피하고 단일 저자를 고집하는 편이다. 학문계에서 빈번하게 일어나는 일 중에 제자들이 이뤄놓은 업적에 글 몇 줄 끼워넣은 것으로 공동 저자에 이름을 올려 업적을 가로채다시피 하는 경우가 있다. 공은 애쓴 사람이 온전히 가져가는 게 맞다고 생각한다. 그런 맥락에서 될 수 있으면 힘들어도 단일 저자로 책을 내려고 노력했다. 암호와 정보보호 이론에서 단일 저자로 빠르게는 3년, 길게는 5년 주기로 꾸준히 6권의 책을 낼 수 있었다는 것을 내 일생에 가장 중요한 성취 중 하나로 여기고 있다.

젊은 학자들에게 당부하고 싶은 말도 이것이다. 몸담고 있는 대학의 순위를 따지거나 언론에 자주 얼굴을 내미는 것이 무엇이 중요하겠는가. 세계에 두루 알려진 학자가 많은 사람들이 읽고 배울 수 있는 책을 써내는 게 학자의 꿈이자 소명이 아닐까 생각한다. 깊고 진지하게 학문을 성찰하되, 그 펼침의 넓이를 제한하지 말고 널리 소통하길 바란다.

| 12장 |

나의 조부 문정공 이도재

: 서문

자신의 가문에서 출세한 것을 자랑하는 것을 팔불출이라 했다. 나의 조부 이도재의 경우는 기울어가는 대한제국의 관료로서 권력을 좇지 않고 나라의 이익을 위해 소신을 굽히지 않은 채 일생을 보내셨다. 이에 손자의 한 사람으로 조부의 충정과 업적을 남기고 싶어 다음과 같이 기록을 남긴다. 조부의 인생 역정과 조부에 대한 사람들의 평, 그리고 완도에서 조부가 역사적 인물로 높게 평가받는 이유를 차례로 정리했다.

혼탁한 시기의 관료생활

이도재는 1848년에 서울 계동에서 태어났다. 그의 소년 시절은 60년의 안동김씨 세도정치의 세상이었고 청년기로 접어들면서 흥선대원군 천하가 되었다. 그러던 것이 다시금 명성황후 민씨를 중심으로 여흥민씨 세상으로 바뀌었다. 청년 시절에는 서울 북촌의 귀족 출신 청년들 박영교, 박영효, 서광범, 김옥균, 신두선, 신기선 등과 깊은 친교가 있었다. 그중에서도 특별히 신기선과 친교가 깊었다.

그 이유를 살펴보자. 조선왕조 인조 때의 명신 월사 이정귀月沙李廷龜는 그의 10대조이다. 이정귀는 정승 자리에도 올랐고 또 뛰어난 문장가였다. 신흠, 장유, 이식과 더불어 조선 중기의 4대 문장가로 일컬어지는 인물이다. 신기선의 선조인 상촌 신흠은 관료 세계에서 월

月沙 先生의 墓所(地方紀念物 79號)

場所 : 京畿道 加平郡 上面 胎封里

下 (諱 廷龜) 左議政, 大提學, 號 月沙 先生의 墓所
明宗 甲子~ 仁祖 乙亥(1564~1635) 72歲 卒(有功特命 不祧位), 有文集

上 (諱 明漢) 月沙公의 長子, 吏曹判書, 大提學, 號 白洲 公의 墓所
宣祖 乙未~仁祖 乙酉(1595~1645) 51歲 卒, 有文集

中 (諱 一相) 白洲公의 長子, 禮曹判書, 大提學, 號 青湖 公의 墓所
光海 壬子~顯宗 丙午(1612~1666) 55歲 卒(有功特命 不祧位), 有文集

가문의 선산.

사 이정귀의 동료였고 또 막역한 글벗이기도 했다. 게다가 신흠의 아들 신익성은 병자호란 뒤에 심양에서 이정귀의 아들 이명한과 함께 옥고를 치른 사이였기 때문에 이도재와 신기선은 특별히 친교가 깊었다.

이도재는 조선 팔도 중 여러 도의 감사, 관찰사 등 지방 장관을 역임했고 중앙 최고 요직인 육부대신(학부대신, 내부대신, 군부대신, 외부대신, 농상공부대신, 의정부참정대신)을 두루 거치신 분이다. 또한 시종원경과 비서원경, 칙임관훈일등궁내부특진관勅任官勳一等宮內部特進官, 철도원 총재, 고등재판소 재판장 등을 역임했다.

1882년에 구식 군인들이 쿠데타를 일으켰으나 중국의 무력 간섭으로 실패하자, 그때의 실권자였던 민비閔妃는 쿠데타의 소용돌이 속에서 간신히 목숨을 건졌고, 민심수습을 꾀하여 각 도마다 암행어사를 보냈는데 이도재도 그 인선에 뽑혀 영남 지방으로 내려갔다. 그 어사행에서 사태의 핵심을 파악하여 이를 지체없이 재단하는 그의 능력과 불의와 타협할 줄 모르는 공명정대함이 중앙정계의 각광을 받게 된다. 이때 조선 말의 관료들에게 매우 비판적인 태도를 지녔던 황현은 그가 서정쇄신작업에 새로운 기운을 불러일으켰다고 그를 극찬하였다.

그로부터 2년 후인 1884년 겨울에 김옥균, 박영교 등과 그의 동조자들이 급진적인 정치 개혁이라는 기치를 내세워 갑신정변을 일으켰다. 그러나 쿠데타는 중국의 무력 간섭으로 사흘 만에 실패로 끝났다. 이도재의 친구 박영교는 피살되었으며, 그 외 주역 인물들은 대부분 일본으로 망명했다. 더욱이 일본에 피신해 있는 김옥균 등이 그곳의 정객과 손을 잡고 본국으로 쳐들어온다는 소문이 국내에 흘러들어오자 정국은 극도로 긴장하게 되고, 포도청에 구금되어 있던 개혁파들을 처형하기 시작했다.

물론 이도재와 신기선은 그 사건의 주역 인물들과 친교가 있었으나 쿠데타에 가담은 하지 않았다. 갑신정변의 주역들은 박영교, 김옥균, 박영효, 서광범 등이었다. 그런데 1886년에 이르러 한 퇴직 관리가 이도재와 신기선을 같은 패거리라며 탄핵하고 나섰다. 이 두 사람은 포도청에 끌려가 갖은 고문을 당했다. 끝내 이도재는 전라도 완도군 고금도 대평리로, 신기선은 흥양의 여도로 유배되었다. 두 사람은 이로부터 8년 동안 남해의 외딴섬에서 귀양살이를 해야 했다.

이도재는 유배지 고금도를 제2의 고향으로 삼고 여생을 마치리라 여겨 고금도 주민의 교화와 계도에 주력하면서 시율과 서예로써 향유鄕儒들과 교류하고 이웃과 동고동락하니 주민들의 극진한 존경을 받았다.

어윤중은 이도재와 동갑으로 청년 시절부터 서로 잘 아는 친구 사이였다. 이도재가 고금도 유배 생활을 하는 동안 어윤중은 그 명석한 사리판단과 불퇴진의 기백을 인정받아 중앙 정계에서 거목의 확고한 기반을 쌓고 있었다.

1893년에 최시형의 지도를 받은 동학교도들이 충청도 보은에 모여 농성투쟁에 들어가자 조정에서는 어윤중에게 이들을 강제해산하라는 명을 내렸다. 그런데 그는 탄압만을 무기로 삼았던 조정의 방침과는 달리 이들한테 스스로 해산하도록 타일렀다. 한편 조정에서는 그의 미적지근한 교도탄압에 실망하던 차 이러한 분위기를 눈치 챈 한 관리가 그를 탄핵했고, 결국 그는 경상도 영일로 귀양을 가야 했다.

그런데 그 이듬해 1894년 봄에 전봉준의 지도를 받은 동학교도들이 전라도에서 혁명운동을 일으켰다. 그들은 진압하려 출동한 관군을 무찌르고 호남의 제일관문인 전주성을 점령했다. 한편 이 나라에 출병한 중국군(청국군)과 일본군 사이에 전투가 벌어지게 되었다. 이해 여름에 일본군은 경복궁을 침범하여 국왕(고종)과 민비를 포로로 삼았다. 이에 따라 그때까지 중국에 기대어온 민비 세력이 순식간에 무너지고 몰락이 닥친 것이다. 사태가 이에 이르자 민씨 정권 밑에서 박해를 받아 귀양살이를 하던 사람들이 한꺼번에 정계에 진출했다. 어윤중은 귀양살이에서 풀려나 한성부 우윤(지금의 서울시 부시장)에 취임하여 과감하게 새로운 사태를 이끌어갔다. 이도재와 신기선도 8년 반 만에 유배지에서 풀려나 다시 햇빛을 보게 되었다.

갑오개혁 초창기에는 이른바 진보적인 중립파로 알려졌었다. 그 당시 일본으로부터 입수한 한 정보 보고에 따르면 그들은 사대당도, 일반적인 개화당도, 왕비당도, 대원군당도 아닌 중립파였다.

그러나 신기선은 곧 10년 전 갑신정변 때처럼 기민하게 새로운 세력의 주류에 순전히 출세를 위해 휩쓸려 들어갔다. 처음에 그는 참판에 취임했다가 그해 11월에 김홍집 내각이 개편될 때 지위가 대폭 상승해 공무대신으로 입각했다. 어윤중은 이 내각의 탁지부대신으로 취임하여 실제로는 부총리 구실을 했다.

이도재는 이보다 조금 앞서 10월에 전라감사에 임명되었다. 그 때의 형편으로 보면 그가 맡은 전라감사 자리는 전국 팔도의 장관 가운데에 가장 중요한 자리였다. 동학혁명운동이 바로 이곳에서 일어났고, 한동안 정부와 휴전 상태에 있던 동학혁명군은 이해 추수가 끝나자마자 다시 궐기하여 전라도가 혼란 상태에 빠져 있었기 때문이다. 이도재는 감사직에 위문사를 겸하여 전주감영에 부임했다.

그즈음 동학군은 전라도 지역을 떠나 논산에 모두 모여 공주公州로 올라가고 있었다. 그런데 동학군은 그들을 소탕하기 위해 특파된 보병독립 제19대대 및 정부군과 맞서 공주 우금치에서 6, 7일에 걸쳐 치열한 공방전을 벌인 끝에 치명적인 타격을 입고 퇴각하고 말았다. 그리하여 그 지도자들은 다시 전라도 곳곳으로 숨어들었다. 마침내 이해 말에 이르러 동학군의 두 지도자인 전봉준과 김개남이 각각 순창과 태인에서 토벌군의 손에 붙잡혀 압송되고 말았다. 지도자를 잃은 동학군은 그대로 흩어지고 말았으나 전쟁이 할퀴고 지나간 흔적은 호남 지방 어디에도 뚜렷하였다. 이제부터는 복구에 정성을 쏟아야 했다.

이도재는 이듬해 봄에 곳곳의 고을을 시찰하면서 복구방안을 구상하고 호남의 참상을 사실대로 조정에 보고하는 한편 조세의 감면을 요청했다. 이 요청은 모두 받아들여졌고, 이에 따라 호남 지방은 참화 속에서 서서히 회복 단계에 들어갔다. 지금까지 한없이 탐관오리들한테 시달려온 전라도 백성들은 비로소 감사 이도재를 믿게 되었고 모두 그를 따르기 시작했다. 이도재가 만 1년 동안 전주에 머무는 사이, 신기선은 1895년 5월 박정양 내각의 군부대신으로 입각하였으나 그로부터 40일 뒤에 내각 일부 개편으로 각료직에서 중추원 일등의관으로 자리가 옮겨졌다. 그때 어윤중은 중추원 부의장이었으나 그 바로 뒤인 7월 초순에 중추원 의장으로 승진했고, 신기선은 그 뒤를 이어 부의장이 되었다.

1895년 가을에 민비 시해라는 일대 비극이 발생했거니와 이를 고비로 서울 정국은 한층 더 숨 가쁘게 돌아가게 된다. 내부대신 유길준 친일일파의 강력정치가 시행되던 와중에 중추원 의장 어윤중이 다시 김홍집 내각의 탁지부대신으로 입각했고, 얼마 뒤 이도재는 군부대신에 임명됐다. 그러나 그가 전주에서 잔무 처리에 골몰해 있는 동안에 다시 학부대신으로 전직 발령이 났다. 이도재는 서울로 와서 학

문정공 군부대신 휘 도재 진영.

부대신에 취임했으나 유길준 일파와 호흡을 같이하기가 어려웠다.

이도재는 일본 세력을 등에 업고 있는 유길준의 급진적인 개혁 정치가 조금도 실리를 얻지 못할 뿐 아니라 한낱 명분 추구에 급급하고 있다는 인상을 받았다. 그러나 그는 눈앞에 닥친 내우외환을 생각하여 무엇보다도 지도력이 갈라지는 사태만은 피하기로 결심하고 몸가짐을 조심하였으나, 그해 말 유길준 일파가 각의에서 단발령과 개원령削髮建元二事을 제출하면서 그에게 그 서명을 요구하였을 때 항론면관抗論免官으로 끝장을 내고 향리로 내려갔다. 그는 단발강제가 몰고 올 무서운 사태를 경고하면서 이를 단호히 거부하고 정계의 일선에서 물러났다. 과연 그가 예상한 대로 단발령에 자극을 받은 백성들이 곳곳에서 소요를 일으켰다. 백성들은 떼 지어 관청으로 몰려가 지방관을 살해했다. 이도재의 친구 안종수는 이때에 나주참사관 자리를 맡고 있었는데, 단발을 강행하다가 단발령에 분노한 지방민의 손에 피살되고 말았다.

이듬해(1896년) 이른 봄에 친로파 정객들은 몰래 국왕 고종을 러시아 공사관으로 옮기고는 권력을 거머쥐었다. 이에 따라 김홍집 내각은 무너지고 각료들을 체포하라는 명령이 떨어졌다. 어윤중은 역적의 누명을 쓰고 고향으로 피신하다가 친구 이도재의 향리 집을 방문하려 했으나, 용인에서 지방민들의 손에 죽임을 당하고 말았다. 단발령은 곧 중지되었으나 민심은 쉽사리 가라앉지 않았다. 민심수습을 위해 정부는 선유사를 지방에 파견하였다. 이도재는 신기선과 함께 이에 선발되어 지방으로 내려갔다.

이때부터 1904년 초에 러일전쟁이 터질 때까지 여덟 해 동안의 서울 정계는 마치 복마전을 연상하게 했다. 국정정치의 폐해는 극도에 이르러 반역과 음모가 이 시기의 특징이었다. 국왕 고종은 엄귀비, 환관 강석호, 러시아어 통역관 김홍륙, 그리고 몇몇 점쟁이들의 혀끝으로 조종되고 있었으며, 여기에 외국 사절, 특히 러시아와 일본과 미국의 공사들이 끼어들었다. 이들은 국왕 주위에서 사람 포장을 쳐놓고 그들에게 알랑거리는 사람만을 고종에게 천거해주고, 나라의 이런저런 이권을 헐값으로 외국인에게 팔아넘겼다.

시류에 민감하여 언제나 주역 인물들의 줄에 가까이 붙어 서려는 습성에 젖어 있던 신기선은 이 기회를 놓칠 까닭이 없었다. 그는 엄귀비의 일가인 엄준원이라든가 강석호, 조병식 등과 가까이 사귐으로써 이 기간 동안 잠시라도 대신 자리를 떠난 적이 없었다. 그는 이 기간에 철저하게 보수반동적이었다. 그는 대신들이 국사를 의논하여 결정하는 것은 국왕의 권리를 빼앗는 일이라 하여 이에 반대했고, 한문 대신에 한글을 쓰는 것은 짐승으로 만드는 것이라 하여 또 반대했다. 천하의 대세를 외면하면서 고집불통으로 개화 체제를 반대하는 그의 완고함은 이에서 그치지 않았다. 그는 〈유학경위〉라는 책자를 만들어 기독교를 야만의 종교라 공격하고 유교를 옹호했다. 그의 이러한 강변에 학생, 독립협회, 외국인 선교사들이 분격했던 것은 말할 나위도 없다. 그 당시 한국을 여행하고 있었던 이사벨 비숍의 견문기라든가 또 프랑스어 교사로 와 있던 에밀 마르텔의 회고록에서도 그를 보수주의자로 기록하고 있다.

그 기간 동안에 이도재도 줄곧 관직에 있었으나 그의 관료 역정이 그리 순탄한 것만은 아니었다. 그는 1898년 여름에 농상공부대신農商工部大臣으로 입각했다가, 보부상의 조직체인 총상회 인가 문제를 놓고 참정대신 조병식과 다투다 사직했으며 학부대신에 취임한 바로 뒤에는 독립협회가 주최한 이른바 만민공동회에 출석했다 하여 면직되었다.

그러하듯 그는 국가와 백성을 위한 일이라면 내직, 외임을 가리지 않았으며, 관직과 명예를 미련 없이 내버리는 그의 우국충정과 불구의 소신은 조선 말의 어느 누구도 따를 자가 없었다. 또 1899년 여름에 전라도 지방에서 농민 폭동이 자주 일어나자 그는 조사 책임자로 파견되었는데, 부패 관리들에 대한 그의 철저한 응징이 도리어 중앙 요직자들의 반발을 사게 되어 소환당하고 말았다. 그 뒤에 그는 평북 관찰사가 되어 이 지역에 출몰하는 중국인 비적들을 단속하는 데 힘썼다.

그러다가 1903년 초 그는 외부대신外部大臣에 임명되었다. 그때는 한반도를 둘러싼 국제관계가 긴박하게 움직이던 때였다. 한반도 상공에는 먹구름이 날로 짙어가고 있었다. 러시아는 압록강 하구에 있는 용암포에 욕심을 내고 있었으며 거만불손한 파블로프 공사는 날마다 외무부에 와서 이를 러시아에 내어주는 조약 체결을 강요했다. 그러나 이도재는 끝내 파블로프 공사의 공갈과 위협에 굴하지 않았다. 이 문제로 옥신각신하는 사이에 마침내 1904년 2월 러일전쟁이 터졌던 것이다.

전쟁이 일어나자 두 나라 군대의 주요 충돌 지역이 된 평안도 지방은 시끄러워졌다. 여론은 이도재를 다시 영변관찰사로 임명하라는 것이었으나, 그는 끝내 충남관찰사로 임명되었다. 그가 이 새로운 직책에 부임하기 위해 서울을 떠나 화성(수원)에 이르렀을 때에 다시 내부대신 자리를 맡으라는 황제의 전갈이 도착했다. 이도재는 처음에 이를 사퇴하였으나 고종황제의 강력한 지시가 거듭되자 생각을 고쳤다. 내상(내부대신)의 중요 업무는 말할 것도 없이 군수郡守 인사였다. 그는 취임하자 곧 일체의 청탁을 물리치고 오직 인물과 업적을 중심으로 하여 열아홉 명의 군수를 새로 뽑았다. 이 인사가 공정한 것으로 평판이 자자했던 것은 그때 제주도에서 귀양살이를 하고 있던 김윤식이 일기에 '아주 공정하다. 몇십 년 만에 처음 있는 일이다'라고 쓴 것을 보아도 알 수 있다. 그러나 그는 이 인사 문제로 참정대신 조병식과 또다시 충돌하여 사임하고 말았다. 그때의 여론이 그의 사임을 애석하게 여겼던 것은 말할 나위도 없다. 이 하나만 보더라도 끝까지 정의를 지키면서 불평부당한 일이라면 관직을 걸고 싸우던 불굴의 기상을 엿볼 수 있다.

그 뒤에 그는 황무지 개간을 전담하는 농광회사 사장 자리에 취임했다. 이 회사는 일본군이 서울을 점령하고 있는 상태에서 일본의 끈질긴 황무지 개척권 요구를 효과적으로 막기 위한 방안으로 새로이 설립된 것이었다. 따라서 그 사장 자리는 그 당시 누구나 꺼리는 바였으나 그는 이를 기꺼이 수락했다. 어느 누구나 바라는 권력을 쥐고 중앙 요직을 고집하는 관료생활보다, 국가의 이익이라면 어떠한 궂은 일도 마다하지 않은 그의 애국애족의 일단을 엿볼 수 있다.

러일전쟁 중에 정계는 다시 변하여 친일파들의 독무대가 되었다. 이들 가운데서도 일본어 통역관 출신인 현영운의 출세는 실로 눈부셨다. 그의 문전은 엽관 운동자들의 발길로 성시를 이루었다. 신기선도 물론 예외가 아니었다. 일본군 헌병의 기밀문서에 '현영운 부부(현영운의 처가 바로 이토 히로부미伊藤博文의 양녀라 자처하는 배정자이다)에게 아부하여 참정대신에 임명된 일이 있다'고 지적하였듯이 그는 황무지 개척권 문제가 마무리되고 난 바로 뒤에 내각수반이 되었다. 그때의 세평으로는 그와 내부대신 이용태가 현영운 부부에게 가장 노골적으로 아부했다고 한다. 현영운이 실각한 뒤에 그의 친일 행각은 더욱더 두드러진다. 그는 일본인들과 어울려 이른바 일한동지회日韓同志會의 조직에 가담하였고, 또 친일파 이완용, 조중응, 송병준과도 가까이 교제하여 이완용 내각시대에 홍문관 학사, 장례원경, 중추원 부의장, 감사원경을 역임하면서 1909년 2월 15일에 쉰아홉의 나이로 죽는 순간까지 관직을 떠난 일이 없다. 그리하여 그는 대한신보로부터 상기 3인과 함께 대표적인 친일분자로 규탄되기까지 했다.

한편 황무지 개척권 문제로 일본의 미움을 산 이도재는 정계에서 잠깐 물러났으나 1905년 5월에 참정대신에 임명된 민영환의 요청으로 내부대신에 취임했다. 그때 민영환과 이도재는 내정개혁의 포부를 실현하려 하였고, 따라서 두 사람의 협조에 조야는 큰 기대를 걸었다. 그러나 이때 사태를 제대로 판단하지 못한 고종황제는 그들의 급진적인 개혁방안의 동의하지 못했고, 그들은 곧 내각의 자리에서 사임하게 된다. 조정에서는 이도재에게 그대로 머물러줄 것을 간청하였으나 끝내 사임하고 평남관찰사로 물러났다.

그 뒤에 충청관찰사로 전임된 이도재는 공주에서 을사조약이 체결되었다는 소식을 들었다. 이로써 대한제국은 이름뿐이었고 독립국으로서의 지위는 실상 말살되고 말았다. 이 조약 체결에 반대하여 곳곳에서 의병운동이 일어났고, 그중에서도 승정원 부승지를 지낸 바 있는 최익현이 궐기한 전라도 지방이 특히 치열하였다. 이도재는 이 지방과 인연이 깊다 하여 1906년 봄에 다시 전남관찰사로 전임되었다. 의병 진압의 임무는 그에게 괴로운 일이었고 따라서 진압하러 출동하는 관군에게 '진격은 하되 쏘지는 말라'는 지시를 내리는 것으로 위안을 삼을 수밖에 없었다. 최익현은 붙잡혀 대마도對馬島로 귀양 갔다가 그해 말에 죽었다. 우국 시인 황현은 그 뒤에 최익현의 영전에 가서 책으로 네 권이나 되는 조객록弔客錄을 보았으나, 그 가운데 대신급의 인물로는 오직 이도재의 이름이 보였다고 한다.

이도재는 그 뒤에 시종원경侍從院卿에 임명되어 상경하였다. 그러나 곧이어 1907년 여름에 헤이그 밀사 사건이 터지고 일본은 이를 구실로 황제의 양위를 강요했다. 이도재는 황제의 측근에서 이를 반대하다가 궁내부대신 박영효와 함께 일본군 헌병대에 붙잡혀갔다. 다행히 십수 일 뒤에 풀려났으나, 이로써 그의 30여 년에 가까운 관료생활은 막을 내리고 말았다. 이제 그는 대표적인 항일 단체인 서북학회의 총재로 추대되어 나라 구하는 일에 뛰어들었으나, 때는 이미 너무 늦었고 민중의 힘은 아직 미약했다. 늘 시세에 굴복하는 자라는 비평을 들어왔던 그의 친구 신기선이 불명예 속에서 죽은 지 일곱 달 뒤인 1909년 9월 25일에 그는 마침 전국을 휩쓴 콜레라에 걸려 62세를 일기로 세상을 떠났다. 그리고 그로부터 한 해 뒤인 1910년에 겉

勅命
從一品崇政大夫侍從院卿兼內
大臣弘文館學士原任奎章閣學
士侍講院日講官勳一等李道宰
贈諡文貞公者
勤學好問曰文
清白自守曰貞
隆熙三年十月六日
贈諡事奉
勅

임금이 내린 문정공 칭호.

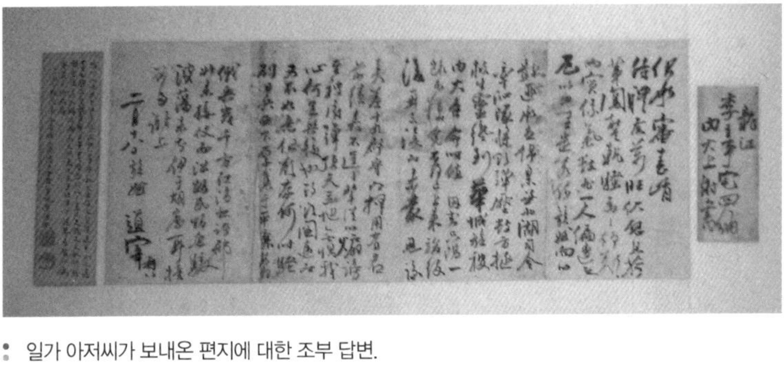

일가 아저씨가 보내온 편지에 대한 조부 답변.

껍데기에 지나지 않은 대한제국이 그나마 명맥을 잃고 말아 한국 역사에 유례없는 암흑 시대를 맞게 되었다.

청년 시절부터 동갑내기 친구였던 이도재, 어윤중, 신기선 세 사람은 파란만장한 조선 말 정계에서 세인의 이목을 끌었던 인물들이다. 그러나 이들의 관료행각은 서로 다르다. 의리와 정의라면 불퇴진의 어윤중, 나라와 백성을 위한 일이라면 우국충정의 화신 이도재, 시류에 영합하는 출세 야욕의 명수 신기선, 이 세 사람은 조선 말 역사에 길이 남을 인물들이다.

주요 인사의 인물평 모음

중추원 의장 김윤식의 인물평

이도재는 1909년 9월 25일 전국을 휩쓴 콜레라에 감염되어 62세 나이로 세상을 떠났다. 이도재가 작고하기 바로 전날에 중추원 의장 김윤식이 문병차 찾아왔다가 통감부 순경의 방해로 문 앞에서 발길을 돌려야 했는데, 이도재보다 열네 살 위로 당시 일흔다섯이었던 김윤식은 일기에 다음과 같이 썼다.

"이도재는 학문이 깊고 명예와 절의를 숭상하였으며, 지방 장관을 역임하면서는 뚜렷한 실적을 남겼다. 그는 백성의 어려운 일을 깊이 헤아렸으며, 시책은 모두 요령을 얻은 것이었다. 또 그는 인재를 몹시 사랑하였으며 백성을 도탄에서 건져내느라 애썼다. 결코 일에 당하여 가볍게 움직이지 않았다. 비록 소신, 쟁의爭議의 웅변으로써 그의 소신을 빼앗을 수 없을 것이다. 대개 당세當世에 그에 필적할 만한 사람이 없다. 지금은 시국에 맞지 않아 집에서 쉬고 있었으나 장차 다시 일어날 것을 기대했었다."

호암 문일평의 인물평

일제 강점시 민족주의 역사가로 적지 않은 업적을 남긴 호암 문일평은 조선왕조 시대의 정치가들을 인격, 여망, 경륜, 수완 그리고 업적을 기준으로 평한 바 있었는데, 이 다섯 가지의 자격을 골고루 갖춘 정치가는 조선왕조 500년에 걸쳐서 한 사람도 없다. 더욱이 대한제국 말기에는 누구라도 크든 작든 망국의 책임이 있기 때문에 처음부터 이러한 인물이 있을 수가 없다. 복잡하기 그지없는 조선 말의 정치 상황에서는 도무지 큰 업적을 남길 수가 없었을 것이다.

"이처럼 생각하면 문득 머리에 떠오르는 사람이 이도재이다. 공公은 비록 비탈에서 왕조를 건지는 데에는 성공하지 못하였으나 그래도 혼탁한 한말韓末 정계에서는 으뜸가는 모범관료였다."

우국 시인 황현의 인물평

강직한 성격으로 부패한 권력자들을 미워하면서 지리산 밑 구례 시골에 숨어 살고 있었던 우국 시인 황현은 그의 죽음에 즈음하여 이렇게 썼다.

"이도재는 처음 신기선과 함께 이름을 날렸다. 최근에 신기선은 조중응, 송병준과 더불어 일본에 충성을 바치는 삼대 인물 중 하나로 지목되기에 이르렀다. 그러나 오직 이도재만은 명예가 줄어들지 않았다."

일본군 헌병대의 기밀문서 조사평

1909년 초에 대한제국에 주둔한 일본군 헌병대는 그 당시의 한국의 주요 인물 150여 명에 대하여 그 경력과 성격, 특징 따위를 몰래 조사하여 기밀문서를 작성한 일이 있는데, 여기서도 항일적인 인물인 이도재는 찬사를 받고 있다.

"독서를 즐기는 선비이다. … 경자년更子年: 1900 간에 전라도 안렴사에 임명되어 공평하게 하다. 신축년辛丑年: 1901 영변관찰사에 임명되어 공평, 청렴하였다. 광무9년光武九年 내부대신內部大臣에 임명되어 공정하게 하였는데 어떤 장관직에 임명되었을 때에도 비난이 없음은 오직 이도재 한 사람뿐이다. … 사람됨이 정직하며 허영심이 없고 상하에 신망이 있다."

이와 같이 왜군倭軍까지 아낌없는 찬사를 보내니 공公의 강직, 청렴, 공평, 선정, 우국충정은 조선 말 어느 누구도 따를 자 없었다.

완도 창군 공적

아래의 내용은 완도군의 문정공 공적비에 적힌 내용과 완도문화원의 이도재 재상에 관한 각종 설명에 근거한 것이다.

공적비

전남 완도군을 창군創郡하신 문정공文貞公의 공적비功績碑가 1993년 1월 24일 완도군 군민회관(완도읍 군내리)에 세워졌다.

완도군민들의 성원 속에 공公께서 창군하여 군민대회郡民大會를 열었던 군민회관 앞에 세운 이 공적비는 화강암으로 거북좌대 위에 높이 7.5미터, 폭 2.3미터의 크기로 전면에는 "문정공 이도재 재상 공적비文貞公 李道宰 宰相 功績碑"라 써 있고 뒷면에는 1500자로 찬군 내력

조부 공덕비(완도군).

이 적혀 있다. 이 공적비 옆에 세워진 석대石坮 전면에는 공의 업적을 칭송하는 완도문화원장의 찬시讚詩 한 수가 적혀 있고, 뒷면에는 완도 출신 국회의원, 군수 및 지방 유지들의 성명이 기록되어 있다.

창군의 유래

갑신정변(1884년) 때 개화당으로 몰려 완도군 고금도로 유배되었던 공은 근 9년의 유배생활 동안 완도 지방의 각 섬들이 현 강진, 영암, 장흥군으로 각각 분산 예속되어 있으면서 이들 군의 탐관오리들로부터 착취당하는 것을 목격했다. 그 후 갑오경장(1894년)으로 유배생활에서 풀린 후 예조판서禮曹判書에 제수되었으나 불취하던 중, 호남 일대에 동학난東學亂이 일어나 조정에서 공을 전라감사 남영사 겸 위무사全羅監事 南營使 兼 慰撫使로 삼으니, 할 수 없이 전라감사로 부임해 완도군민들을 보호하기 위해 1895년 5월 15일 군민들의 숙원이던 완도군을 창군하고 지금의 공적비가 세워진 바로 그 자리에서 군민대회를 열었다.

그 후 완도군민들은 자신들의 염원을 이루어준 문정공의 공功을 잊지 못하고 그 공적을 찬양하는 비를 세우고자 1955년부터 군민들이 정성껏 모은 8백만 원으로 마침내 이 비를 세우게 된 것이다.

강진현 고금도 유배생활

공은 1848년 서울 교동에서 태어나 문인으로서 시율과 서예에 능하였고, 많은 문집을 남겼다. 1886년 가을 귀양형을 받아 강진현 고금도 대평리에 유배되어 기거하면서 그곳을 제2의 고향으로 삼고 여생을 마치리라 생각해 고금도 주민의 교화와 계도에 주력하면서 시율과 서예로써 향유鄕儒들과 교류하고 이웃과 더불어 동고동락하니 주민들의 극진한 존경을 받았다.

매일같이 향유 박홍겸·이사국·손설국·김광선·최찬대 등과 친밀하게 교류하면서 도서 사람들의 정황도 이야기하고, 육지 사람들의 압박에서 벗어나야 하며, 또 근처 도서들을 합하여 육지 군현에서 분리시켜 새로 한 현을 만들어 도서민의 권위를 살려야 한다는 논의를 했다. 지방 향유들도 '공께서 해배解配되어 가시면 우리 도서민의 숙원을 풀어주십사'하고 진언하였다.

'그것은 꿈과 같은 일이요'라고 대답한 공은 하늘을 쳐다보고 긴 한숨만 내쉬었다. 그러나 공의 마음속으로는 현지 사정에 대한 깊은 이해와 동정으로 주민들의 염원에 심적 지주가 되리라고 한 마음의 표현이기도 하였다. 세월은 흘러 공께서 유배된 지도 8년이 지났다. 그해 갑오농민혁명이 일어났고, 청일전쟁淸日戰爭이 일어나 청군이 복귀하니 청의 노력에 의존했던 사대당은 일본에 망명했던 박영효·서재필 등에 의해 거세되고, 개화당이 정권을 잡고 김홍집 내각을 출범시키고 갑신정변의 죄인을 전부 사면시키니, 이도재도 귀양이 풀려 고금도 주민의 열렬한 환송을 받으며 큰 숙원을 안고 환조還朝하였다.

환조한 공은 1894년 동학혁명을 진압하기 위하여 전라감사 겸 위무사가 되어 전주에 부임한 후, 그다음 해 1895년 초봄 유배 당시 고금도에서 교류했던 김광선 등 주민 대표를 전주감영으로 초청하여 "우리가 고금도에서 설군設郡에 대해서 많은 논의를 하였는데 마침 좋은 기회가 와서 상의하려고 불렀소"라고 말하였다. 지난해 실시된 바 있는 전국 23부제를 13도제로 다시 개편할 것인데, 전라남도가 신설되고 거기에 1목 33군을 두게 하고 그중에 완도군이 포함되었다. 완도만 할 수 없어서 돌산군과 지도군도 함께 신설키로 하였다고 전하였다. 현지 조사 후 다시 상부에 시행할 것을 보고하며 군청을 어디에 설치하는 것이 좋을지에 대하여도 물었다. 대표 일행은 고금도에 설치한다면 대평리(덕암리)가 적지이나 많은 도서를 합하여 군을 설립한다면 완도의 군내리나 죽청리가 좋을 것이라 했다. 완도는 옛날 청해진이 있었던 곳이며 각 도서의 중심지로 교통이 편리하고 면적으로 보아도 그중 가장 큰 도서이기에 적합하다는 것이었다. 감사도 고개를 끄덕이면서 현지에 내려가 실제로 조사하고 민의를 살핀

후에 확정하기로 하였다.

그 후 곧 1895년 4월 고금도에 내려오니 금의환향하는 향민을 맞이하듯 주민 남녀노소가 노상에서 환호하며 영접하였다. 문정공은 민정을 살피며 창고를 열어 기민을 주고, 군청 소재지를 문의하니 주민들은 고금도에 군청을 두는 것을 극구 반대하며 아예 설군마저 반대하는 형편이었다. 이는 관아가 가까이 있으면 궁속들의 횡포가 더 심해질 것이라는 염려 때문이었다. 공께서도 그 뜻을 충분히 이해하고 중론을 좇아 가리포로 정하고, 귀영길에 가리포 현지에 들러 정황을 살피고 설읍지로는 죽청리가 좋다는 뜻도 밝혀 그 뜻에 따라 향교는 죽청리 현 위치에 설립되어 지금에 이르고 있다.

그해(1895년) 10월 군부대신으로 영전되어 환조한 후 곧 학부대신으로 취임한 공은 주민 대표 김광선 등을 다시 서울로 불렀다. 패진된 완도에 1896년 2월 3일 완도군이 설치 확정되어 곧 신임군수가 내려갈 것이니 그 군수와 논의하여 조직하고 잘해보라고 하면서 신임군수 이규승을 소개하였다. 이해 4월 9일 이규승이 신임군수로 취임하였고 이귀하가 이방으로 임명되어 해당 관할 가도서에 방문하여 5월 15일 청해관에서 군민대표자회의를 개최하여 10개항을 결의하고, 이어 향군유사에 김광선을 선출하여 서울에 파송키로 하였으며 초도 업무에 착수하였다.

1896년 2월 3일 완도군과 함께 창군된 돌산군과 지도군은 18년간 지속되어오다가 1914년 3월 행정구역 개편시에 폐군되었고, 완도군만 남아 오히려 육지 군보다 더 빨리 승읍되고, 웅군으로 발전했다.

이 모든 것이 완도 설군의 주역이신 문정공 이도재의 공덕이며 완도군민들은 영원히 공의 공적을 잊지 않을 것이다.

작별에 임하여 남기고 싶은 말

무수한 사람을 만나고 숱한 장소를 떠돌며 내 입에서 발음하고 귀에 들렸던 많은 이름들은 숫자를 헤아리기 힘들다. 개중에는 선의를 가지고 내게 고마움을 베풀어준 사람이나 인생에서 크나큰 영감과 감동을 준 장소도 있어 이 누추한 지면에라도 언급해야 마땅한데, 기억이 나지 않아 끝내 적지 못한 경우도 많다. 새삼 안타깝다.

이제 와 생각나는 것이 모현보통학교 시절 시골 학교 한편에서 기르던 누에다. 거의 80여 년 전 일이지만 그 누에가 선명히 떠오른다. 아마 어린 나이에도 한 생명의 생로병사를 가까이서 지켜본 경험을 잊지 못해서일 것이다. 한 치 앞을 바라볼 수 없이 달려온 인생이지만, 실은 그 코흘리개 어린아이일 때 해본 누에치기가 이미 삶이 무엇인지 알려준 것 아니겠는가. 사람이란 나이를 먹을수록 체력과 기억력이 쇠퇴하는 것을 부정할 수 없다. 잠실蠶室에서 뽕잎을 사각사각 갉아먹는 어린 누에는 활기차고 귀엽게 보이지만, 늙어가면서 몸체는 뚱뚱해지고 색깔이 누렇게 변하며 기력이 쇠퇴해서 움직이지도 못하다가 드디어 몸에서 실을 뽑아내 누에고치집 안에서 번데기로 변하며 죽어가는 것이 사람의 인생과 다를 바 없다. 그저 이제는 죽음에 앞서 그래도 세상에 무엇 하나라도 더 남기고 싶어 이렇게 흐릿해지는 머리를 애써 흔들어 글 몇 자를 적을 뿐이다.

남들이 내 인생을 어떻게 평가할지는 알 수 없으나, 나는 한낱 내 치적을 과시하거나 업적을 나열하는 것으로 내 삶의 기록을 마무리짓고 싶지는 않다. 그 어떤 것도 포장하지 않고 때로는 징병당해 끌려간 조선인 군인으로, 때로는 기술자로, 때로는 학자이자 교수로, 때로는 연구소의 연구원으로, 때로는 한 회사의 사장으로 우리나라의 격변과 함께 살아온 한 인간의 삶을 진솔하게 보여주고 싶을 뿐이다. 특히 내 경력에 가려 이제까지 누구에게도 제대로 하지 못했던 과거 고향 이야기나 징병, 전쟁 때의 내 삶, 또 조상님에 관한 이야기를 풀어내고 싶은 마음이 컸다. 이야기라는 게 극적으로 보면 극적이고, 밋밋하게 보면 또 밋밋하다. 나는 그저 사실을 적었고, 읽는 사람들이 보며 느끼면 되는 일이다.

나이가 드니 고향 생각이 나고 조부와 부모님, 형제들 생각이 난다. 지금은 격세지감 전혀 과거의 모습을 찾을 수 없이 변했지만, 서로 위해주고 아껴주던 푸근한 고향 마을로 돌아갈 수 있다면 얼마나 좋겠는가. 그때 철없이 동네를 뛰던 소년은 이제 나이가 아흔이 다 되어 그저 머릿속으로 그 시절을 회상할 따름이다. 그 동네는 이제 사라졌지만 그 따뜻한 마을의 느낌만은 지금 시대를 사는 사람들도 느낄 수 있도록 사라지지 않았으면 하는 바람이 크다. 고향 풍경과 당시 풍속을 세세하게 적은 것은 그 마음 때문이다.

젊은 시절은 돌아보면 까마득하고 그때는 그랬거니 싶지만 아슬아슬한 여정이었다. 명망 있는 고위 관료였던 조부의 손자였기에 조부가 대쪽 같은 성품이 아니라 친일을 하거나 권력에 빌붙었다면 더 편안하게 살았을지도 모른다. 그러나 그러지 못하고 일본에 징병되어 자칫 잘못했으면 만주나 동남아의 전쟁터로 끌려가 죽을 목숨이 될 뻔한 것을 간신히 모면하고, 또 6·25 동란을 겪으며 청년의 푸릇한 꿈을 접은 채 고향땅에서 하루하루 목숨을 부지하며 보낸 젊은 시절은 당시에는 견디기 힘든 고통이 있었으나, 후일에 쉽지 않은 공부와 연구를 지속하게 하는 근성을 키워주는 데 주춧돌이 되지 않았나 싶다.

분명한 건 좋은 학교에서 공부하고 또 운 좋게 나를 추천해주는 사람들이 있어 그 옛날 미국에 유학을 가서 돈 걱정 없이 최신 학문을 공부할 수 있었던 것은 대단한 행운이었다. 미국에서의 공부가 없었다면 지금의 이만영은 절대 존재하지 않았을 터이다. 물론 미국에서의 유학도 쉬운 것만은 아니었다. 처음 배를 타고 미국에 가는 험한 여정부터 적어놓았듯이 풍토병으로 끊임없이 고생해야 했고, 문화적 차이가 주는 이질감과 토속 음식을 고집하는 내 입맛 탓에 육체적으로 힘들고 심적으로 막막했던 시간이었다. 고국에 두고 온 젊은 아내와 어린 자식에 대한 걱정과 그리움도 빼놓을 수 없다.

하지만 공부를 거듭해가며 새로운 학문을 개척해나간다는 흥분과 세계에서 문화적으로 가장 풍부하고 개방적인 나라에서 만난 경험의 세례는 그 무엇으로도 대신할 수 없는 것이다. 충격으로 시작된 경험이 오래 남고 피와 살이 된다. 여학생의 허벅지를 베고 있는 남학생을 난생처음 보고 놀랐던 20대의 이만영이 없었다면 어찌 지금의 이만영이 있겠는가. 사람들이 젊은이들에게 늘 도전을 이야기하고 새로운 경험이 중요하다고 말하는 게 다른 이유가 있지 않다.

유학 이후에 내 삶을 돌이켜보면 정신없이 바빴고 그 와중에도 나를 계속 성장시키고 새로운 분야를 공부하며 치열하게 살아온 인생이다. 나 또한 한 명의 평범한 인간으로 그런 과정 안에서 의심이 없고 두려움이 없었겠는가. 그러나 멈추지 않고 정진하고 계속 부딪치며 달릴 수 있었던 건 결국 미국 유학 시절에 든든하게 쌓아둔 정신적 기초 체력 덕분이다.

보잉 사에서 첨단 기술을 연구하거나 한양대학교에서 국내 최초로 전자계산기를 개발했던 일, 버지니아 공대에서 공부하고 가르쳤던 일들 또한 나에게 소중하다. 이 시절을 돌이켜보면 나이로 보나 경력으로 보나 전력을 다해 공부하고 만들기에 좋은 때였고, 또 그렇게 해서 후회 없는 시간들을 보냈다. 당시 내 주위에는 좋은 연구 환경을 열어주고 내 진로를 개척해준 고마운 사람들뿐이었다. 나 또한 누군가에게 그런 사람이었는가 생각해보면 부끄럽기도 하고 한없는 부족함이 느껴진다.

서강대학교 Fulbright 교수 생활과 JPL 연구소 연구원을 거쳐 국방과학연구소 부소장으로 근무했던 시기는 내 인생의 전환점이었다. 이전까지 한 명의 학자였던 이만영이 나라와 민족을 위한다는 명목 아래 대통령 일가를 만나며 국가 사업을 추진했던 것은 지금 생각해보면 내가 감당하기 벅찬 일이 아니었나 하는 마음도 있다. 그러나 어찌 인생에 한 점 후회가 없을 수 있겠는가. 그런 아쉬움 속에 지금 아버지의 뒤를 이어 대통령이 된 박근혜 대통령과 고인이 되신 박정희 대통령, 육영수 여사와의 귀한 인연과 그분들이 내게 보여준 환대와 애정은 지금도 잊을 수 없다.

나라는 사람은 원래 그런 것에 관심도 없거니와 다른 사람에게 융숭한 대접을 받는다거나 박수 받는 위치에 있어본 적이 없다. 하지만 대통령이라는 직위에 올라 있는 사람이 진심을 다해 다가왔을 때 나는 마음이 움직일 수밖에 없었다. 사실 유도탄 등을 만드는 일은 내가 이제껏 연구해온 분야와 관계도 없고 내가 특별히 관심 있는 일도 아니다. 그러나 그분들이 내게 보여준 지극한 정성과 끊임없는 관심 덕분에 내가 나라를 위하는 마음으로 그런 사업에 뛰어들어 작은 보탬이라도 될 수 있었던 게 아닌가 싶다.

한국전자통신 사장으로 출발해 삼성반도체통신의 사장으로 지내온 몇 년은 아마 학자라는 위치에서 가장 멀리 떨어졌던 시기였을 것이다. 하지만 없어봐야 귀함을 알고, 떨어져봐야 그리움을 안다 했던가. 그런 과정 속에서 조직 생활과 사업 논리를 배우고 궁극적으로는 나 스스로가 가지고 있던 학문에 대한 갈증을 재확인하는 기회가 되었다. 그 갈증이 깊었기에 이후 30년에 가까운 시간 동안 많은 나이에도 계속 책을 쓰고 공부하며 학생들을 가르칠 수 있었던 것 같다. 내 나이 만 88세인데도 최근까지 대학에서 강의를 했으니 이 또한 축복받은 삶이다. 굳이 세세히 적지 않았지만 학생들을 만나는 일은 늘 즐겁고 이 나이에도 할 수 있는 일이 있다는 건 몇 번을 생각해도 고마운 일이다.

이후 학문 활동을 하며 한중일 학자들과 교류하고 학회를 만들어 학문을 연구하며 국제적 관계를 형성한 일은 내가 인생에서 가장 소중하게 생각하는 성과다. 나중에 후학들이 세계로 나아가 공부를 할 때 그래도 우리나라에 그 분야에서만큼은 이름을 대면 알아주는 사람이 있다면 힘이 되지 않겠는가. 그런 마음으로 최근까지도 집필

작업을 하며 몸이 허락하는 데까지는 익히고 쓰며 한 자라도 더 남기려고 애쓰는 중이다.

세월을 이기는 자는 없다. 이제 세상과 작별을 고할 때가 점점 다가옴을 느낀다. 그전에 무엇을 더 할 수 있을지는 알 수 없다. 마음 같아서는 지금이라도 더 가르칠 것이 있고 더 써야 할 것들이 있지만, 이제는 순리를 생각할 시점인 듯하다. 이렇게 자서전을 적으며 고마웠던 사람들을 돌이키며 내 삶을 하나하나 반추하는 것이 요즘 나의 가장 중요한 일과다. 그러다보니 내 연원까지 다시 생각하게 되었고 자서전에 다소 어울리지 않을 수 있는 조부의 이야기까지 상세히 적게 되었다. 그러나 내 인생을 논할 때 어찌 나 하나의 삶에 한정될 수 있겠는가. 조부가 있기에 나도 있고 조부의 삶이 곧 내 삶과 연결되는 것이니 따져보면 무관한 일도 아니라, 그저 손주의 도리를 이제야 한다는 마음으로 글을 정리해보았다.

하고자 하는 일을 할 때 흔들림이 없고 자리에 연연하지 않았던 조부를 닮아서인지, 나는 한 번도 권력에 연연하거나 내 자리에 안달을 내본 적이 없다. 그러다보니 언론도 자연 멀리하게 돼 하는 일은 많았지만 신문 지상에 이름 오르내린 적도 극히 적다. 내 연원은 학문에 있고 내 자리는 늘 교수라고 생각해 그것을 행할 수 있는 자리에는 어디든 갔다. 내가 속한 곳에서 내 역할이 충실하지 못하고 다른 사람들이 나를 원하지 않는다면 미련 없이 떠났다. 자리에 연연하는 순간 시야는 좁아지고 운신의 폭도 줄어든다. 이 글을 읽는 사람들에게 당부하고 싶은 말도 남들이 정해놓은 것에 구애받지 말고 길이 보이면 그곳으로 가라는 것이다. 그러다보면 세계로 나아가게 된다.

다시 한 번 지난 오랜 세월 내 곁에서 나를 지지해준 많은 사람들에게 감사를 전하며, 누구보다 나를 믿고 따라준 나의 아내와 자식들에게 사랑한다고 말하고 싶다. 고맙다.

이만영 박사가 걸어온 길

행제 이만영(李晩榮)

1924년 11월 24일_경기도 광주시 옥포면 능평리 77번지 태생

학력 사항

1952	서울대학교 공대 전기공학과 공학사
1956	미국 Colorado대학교 대학원 공학석사 Department of Electrical Engineering
1958	미국 Colorado대학교 대학원 공학박사 Department of Electrical Engineering

경력 사항

1958~1960	미국 Boeing 사 선임연구원
1960~1964	한양대학교 전기공학과 교수
1964~1971	미국 Virginia 공대 전기공학과 교수
1972	서강대학교 전자공학과 Fulbright Fellow 교수
1973~1975	미국 California Institute of Technology (Cal Tech) JPL 연구소 책임연구원
1975~1977	국방과학연구소 제1부소장 (지대지유도탄 개발)
1977~1980	(국영) 한국전자통신 대표이사 사장 (전자교환기 개발)
1978~1979	한국전자통신연구소 이사

1978~1980	한국전자공학진흥회 이사
1980~1981	삼성반도체통신(1988년 삼성전자로 합병) 대표이사 사장
1981~1990	한양대학교 전자통신공학과 교수/부총장
1983~1985	한국통신공사 자문위원
1983~1987	체신부 정책자문위원
1984~1985	서울올림픽 조직위원회 시설자문위원
1984~1988	통신진흥협의회 위원
1990~현재	[現] 한양대학교 명예교수
1990~1998	한국정보보호학회 초대 회장 (학회 설립인)
1991~1993	한국통신기술협회 자문위원
1991~1993	전파육성협의회 위원
1998~현재	[現] 한국정보보호학회 명예회장
1994~1999	한국정보보호진흥원 초대 이사장
1995~2004	Journal of Information & Optimization Sciences Member of Editorial Board
1995~현재	한국과학기술한림원 종신회원
1997~2003	서울대학교 전기공학부 초빙교수
1997~현재	한국공학한림원 원로회원
2000~현재	International Journal of Information Security Member of Advisory Board
2000~현재	대한민국 학술원 회원
2003~현재	경희대학교 초대 석좌교수
2005~현재	Journal of Discrete Mathematical Sciences & Cryptography Associate Editor

상훈 사항

1983	국민훈장 동백장	(대통령)
1983	학술상	(대한전자공학회)
1989	학술상	(한국통신학회)

1990	제1회 해동학술상 특별저작상	(대한전자공학회)
1990	대한민국 학술원상	(대한민국 학술원)
1990	교육부장관 표창	(교육부)
1994	우수저술 특별상	(한양대학교)
1998	한국공학기술상	(한국공학한림원)
2000	국민훈장 무궁화장	(대통령)
2003	한국정보보호 대상	(한국정보보호학회)
2007	JWIS Lifetime Achievement Award Joint Workshop on Information Security, Japan	

국내 저서

1981	통계통신공학	(경문사)
1982	신호분석론	(경문사)
1984	오류정정부로 이론	(범문사)
1985	부호이론	(희중당)
1990	BCH부호와 Reed-Solomon부호	(정음사)
1999	전자상거래보안기술 (공저)	(생능출판사)
2002	인터넷 보안기술 (공저)	(생능출판사)
2002	인터넷 정보보안 (공저)	(생능출판사)
2002	현대 암호학 및 응용 (공저)	(생능출판사)
2002	차세대 네트워크 보안기술	(생능출판사)
2005	최신 정보보호 개론 (공저)	(홍릉과학출판사)

국외 저서

1989	Error Correcting Coding Theory(McGraw-Hill, NY) (Best Seller Top Ten List Rank #1 (Best of Best))
1994	Cryptography and Secure Communications (McGraw-Hill, NY) (Best Seller Top Ten List Rank #1 (Best of Best))

1998 CDMA Cellular Mobile Communications and Network Security (Prentice Hall, NJ)

2001 CDMA Mobile Network Security(Japanese Edition) (Science and Technology Publishing Co., Japan)

2002 CDMA Cellular Mobile Communications (Chinese Edition) (Publication House of Electronics Industry, China)

2003 Internet Security(John Wiley & Sons, West Sussex, UK)

2009 Mobile Communication Systems and Security (John Wiley & Sons, Singapore)

2013 Wireless Mobile Internet Security, Second Edition (John Wiley & Sons, Singapore)

주요 연구 논문

1991 〈국내〉 GF(2m)상의 유한체 승산기 설계 및 비교
대한전자공학회논문집 28권 8편 10호

1993 〈국내〉 광학식 디스크에 적합한 RS부호의 새로운 기법
대한전자공학회논문집 30권 3호

1993 〈국외〉 Research Activities on Cryptography in Korea
Invited Paper LNCS 739

1993 〈국외〉 Practical Protocols for Electronic Cash
ISC '93

1995 〈국내〉 비선형 함수를 도입한 키수열 생성기에 대한 동가시스템 구성
한국통신학회논문집 20권 1호

1995 〈국외〉 Correction-Immune Random Sequence Generator using GM W Sequence
ISC '95

1996	〈국내〉 초기조건과 비선형 함수와의 상관관계를 이용한 스트림 암호 시스템 분석 대한전자공학회논문집 33권 2호
1996	〈국외〉 CDMA Mobile Communication and Message Security ISC '96

주요 국내외 활동

1992	일본에서 개최된 Asiacrypt '92(전세계암호학술대회)에서 "Research Activities on Cryptography in Korea(한국 암호연구의 현황)" 초청강연
1995	일본에서 개최된 JW-ISC '95에서 초청연설
1996	대만에서 개최된 컴퓨터 세계학술대회(ISC '96)에서 "CDMA Digital Mobile Communications and Message Security" 초청강연
1998~2001	Advisor, Journal of Communication and Networks, KICS
1999	PKC '99 국제학술대회에서 "Digital Signature"에 관한 초청강연, 일본
1999	일본 도쿄 대학 초청으로 동 대학원에서 "Public Key Cryptosystems"에 관하여 강의
2000	일본 도쿄 대학 초청으로 동 대학원에서 "Cryptology"에 관하여 특별강의
2002	일본 도쿄 대학 초청으로 동 대학원 석박사과정 학생에게 "Cryptography and its Applications"에 관하여 특별강의

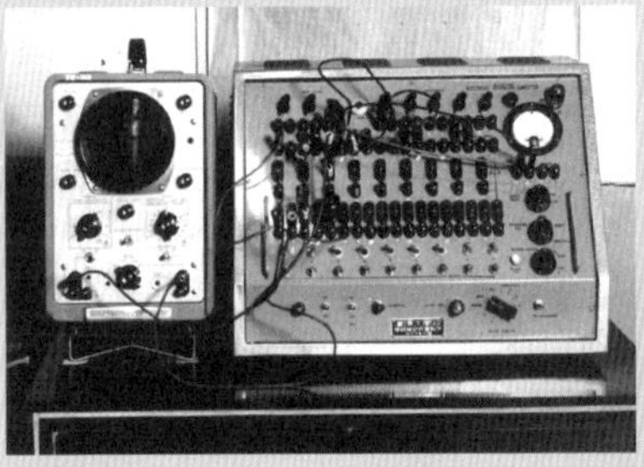

Man Young Rhee
Error Correcting Coding Theory

Cryptography and Secure Communications
Man Young Rhee

CDMA
Cellular Mobile Communications
NETWORK SECURITY
MAN YOUNG RHEE

CDMA
移動体通信とセキュリティー

CDMA蜂窝移动通信
与网络安全
CDMA Cellular Mobile Communications and Network Security

Man Young Rhee
Internet Security
Cryptographic principles, algorithms and protocols
WILEY

Mobile Communication Systems and Security
MAN YOUNG RHEE

MAN YOUNG RHEE
Wireless Mobile Internet
SECURITY
Second Edition
WILEY

다시 한 번 지난 오랜 세월 내 곁에서 나를 지지해준
많은 사람들에게 감사를 전하며.

내가 가는 방향이 곧 길이다

ⓒ 이만영 2013

초판 인쇄 2013년 1월 14일
초판 발행 2013년 1월 21일

지은이 이만영

펴낸이 강병선
편집인 황상욱

기획 · 책임편집 황상욱 **구성** 조은호 **디자인** 이보람
마케팅 이숙재 **온라인 마케팅** 김희숙 김상만 이원주
제작 서동관 김애진 임현식 **제작처** 영신사(인쇄) 경일제책(제본)

펴낸곳 (주)문학동네
출판등록 1993년 10월 22일 제406-2003-000045호
임프린트 휴먼큐브

주소 413-756 경기도 파주시 문발동 파주출판도시 513-8 1층
문의전화 031-955-1902(편집) 031-955-3578(마케팅) 031-955-8855(팩스)
전자우편 forviya@munhak.com **트위터** @forviya

ISBN 978-89-546-2027-7 03810

• 휴먼큐브는 (주)문학동네 출판그룹의 임프린트입니다. 이 책의 판권은 지은이와 휴먼큐브에 있습니다.
• 이 책 내용의 전부 또는 일부를 재사용하려면 반드시 양측의 서면동의를 받아야 합니다.

www.munhak.com